图书在版编目（CIP）数据

泥涂集 / 沈从文著. -- 北京：中信出版社，
2017.2
（沈从文别集）
ISBN 978-7-5086-6883-3

Ⅰ. ①泥… Ⅱ. ①沈… Ⅲ. ①短篇小说－小说集－中国－现代 Ⅳ. ①I246.7

中国版本图书馆CIP数据核字(2016)第256233号

泥涂集

著　　者：沈从文
出版发行：中信出版集团股份有限公司
（北京市朝阳区惠新东街甲4号富盛大厦2座　邮编　100029）
承 印 者：北京华联印刷有限公司

开　　本：787mm×1092mm　1/32　　印　　张：9.25　　字　　数：125千字
版　　次：2017年2月第1版　　印　　次：2017年2月第1次印刷
书　　号：ISBN 978–7–5086–6883–3　　广告经营许可证：京朝工商广字第8087号
定　　价：36.00元

图书策划：楚尘文化

再版序

上个世纪五十年代，不少喜爱文学的读者迷上了契诃夫，这跟平明出版社接连推出 27 册汝龙翻译的《契诃夫小说选集》直接有关。

那时我家至少有三个契诃夫迷：做文学编辑的母亲、哥哥和我。谈论哪篇小说怎么怎么好，是不倦的话题。已经退出文坛改了行的父亲不参与，只有时微笑着对外人说："家里有三个契诃夫的群众。"

汝龙译的这套选集可贵之处，首先在于对作品的精选；第二是选进一些契诃夫的书信、札记，别人对他的回忆、评论等，分编到不同集子里，这些文字拉近了读者和作者的距离，是汝龙先生锦上添花的贡献。

到 1992 年编选《沈从文别集》的时候，我们自然想到从平明版《契诃夫小说选集》取法。这也是父亲的愿望，尽管他不参与“契诃夫群众”的热情讨论，汝龙这套译本的长处他胸中有数。

我问过父亲汝龙为什么常赠送新书，他只简单说：“是朋友。”

母亲的补充才说清楚：“他翻译的那套英文契诃夫小说是我送的。”

据我充和四姨回忆，1932年暑假，一个“说是由青岛来的，姓沈，来看张兆和的”羞涩客人，初次登苏州张家门，带的一大包礼物“全是英译精装本的俄国小说”。加尼特夫人的一套英译《契诃夫小说集》就在其中。

不懂外文的沈从文怎么买洋书？四姨说那是过上海时托巴金选购的。

父亲曾希望母亲朝文学翻译方面发展，送这样礼物包含着鼓励。愿望虽然没实现，礼物却终于转到最合适的人手里，促成被誉为契诃夫小说“最佳译本”的产生。朋友的成就四十年后启发着《沈从文别集》的编选工作。

当本书再版之际，我们感谢与它有缘分的几位文学前辈，也要感谢为我们想出《沈从文别集》总书名的汪曾祺先生。

沈虎雏

总 序

从文生前，曾有过这样愿望，想把自己的作品好好选一下，印一套袖珍本小册子。不在于如何精美漂亮，不在于如何豪华考究，只要字迹清楚，款式朴素大方，看起来舒服。本子小，便于收藏携带，尤其便于翻阅。八十年代初，有一家书店曾来联系过，也曾请人编了一套，交付出去。可是，落空了，未能实现。我一直认为是一件憾事。

现在湖南岳麓书社要为从文出书，我同虎雏商量，请吉首大学沈从文研究室合作，编选这么一套。这套选本和以前选法编法不同。我们在每本小册子前面，增加一些过去旧作以外的文字。有杂感，有日记，有检查，有未完成的作品，主要是书信——都是近年搜集整理出来的，大部分未发表过。不管怎样，这些篇章，或反映作者当时对社会、对文艺创作、对文史研究……的一些看法，或反映作者当时的处境，以及内心矛盾哀乐苦闷，把它们发表出来，容或有助于读者从较宽的角度对他的作品、对他的为人以及对当时的环境背景有进一步了解。

出这套书，当然，同时也了却死者和生者的一点心愿。

张兆和

一九九一年十一月二十九日

目 录

从文『文化大革命』书信二则

给陈蕴珍[1]

［1972年于北京］

……她动身去医院……她显得急躁，又有些留恋，东张张西望望，她也许在想是不是能再看到这里的一切。[2]

临出门时，见到信箱中的这封信，我拿给萧珊看了。[3]

萧珊患了不治之病，得不到适当的治疗，躺在床上挨日子，想念过去的岁月，怀念旧时的友人，最后入院前忽然得到北京沈从文寄给我的一封长信，她

---

[1] 陈蕴珍即巴金的夫人萧珊。当时巴金还没获得“解放”，只能写陈蕴珍收。

[2] 引自巴金著《怀念萧珊》。

[3] 引自魏帆转述巴金回忆的信。

含着眼泪拿着信纸翻来复去地看，小声地自言自语："还有人记得我们啊。"[1]

蕴珍：多年来，家中搬动太大，把你们家的地址遗失了，问别人忌讳又多，所以直到今天得到窦家熟人一信相告，才知道你们住处。大致家中变化还不太多。孩子们可能都成了大人、青壮，下放乡下又回转到上海了！这八年我们家里大小一切还好，除了所有书籍几乎全部处理净光，人事变动还不怎么大，值得放心。小虎虎的孩子也有了七岁，在她姥姥家（昆山陈墓）上了小学。虎虎和爱人还在四川自贡机床厂。小龙也结了婚，爱人在清江华东电业局，两人一年南北来去有三个月可同住。家中当前便有了四个搞工的，倒也省事！还有一个"菜农"，即三姐，六九年随同文化部五千人到湖北咸宁乡下，在一个荒湖边大家一道开了四千亩湖田，和人民文学月刊十多熟人同住湖边一个民居家里，六七个人挤在一间黑阴阴小屋中过了一年多。冰心也曾短时期去

[1] 引自巴金著《怀念均正兄》。

同住。不能下湖即搞搞菜地。我是十一月下去的，独自住在一个相去百多里的水田富庶兼风景区，过了一年多。名副其实的，有四万亩水田过千斤，环境比呈贡美得多，可是热到四十五度。受的倒是另外一种教育，即和区里三百来人大小无不相熟，住处一年四季地下总不免生点白毛绿毛，雨季房中也可养点青蛙。但是环境极端清静，又还吃得很好。病倒了几回，三姐总是步行二十里还坐一小时公共车来看看。有次血压升级到二百五，幸她赶来及时，转车去县里医院住了卅天，得天保佑，几乎报废又不报废了。去年八月才和她一道行千里路转过丹江同住。属于文化部系统的老弱病。熟人也不少。三姐瘦虽瘦，也老了些些，可是倒真像大家说的“真正锻炼出来了”，成了种菜熟手，因此还调来调去。和冯雪峰同搞一片菜地。原在湖边时，下菜地还得走十里八里，据说还得挑粪桶过独木桥。住处也相当荒野，经常会发现二米长大蛇迎面向人昂头喷气。过丹江就简直上了“天堂”，因为菜地离住处不到二百步远近，用自来水灌溉，且只一天下午搞二三小时，所以丝毫不感困难。住处在真正山沟里，约五百人分别住，各有一间新房子，比我目前北京住处似乎还宽好些，而且清静少灰尘。四里外即有个卅万人新都市，有个发电过百万千瓦大水坝！只是她做了小班长，所以忙得个可观。一般同事年龄都比较大，多在六七十间，她虽已六十二，在那里居然成了“壮劳力”。一天忙得十分精神，有些方面似乎比住呈贡时还活泼健康！已动员她退休，好回来，她还希望等待等待，看有不有机会再工作五几年。我是去年冬天因医生建议让我回来治病的，怕在那里病倒来不及抢救。看了四五个医院，同证明心脏血管已硬化，心已肥大，劳损、漏血，不可能好转。所以倒省事，来争时间做做事，一回来就把六三年搞的几件工作接手过来，不管心脏怎么样，整天守在桌子边不动了。有一份是服装资料，有上千图已制好版，幸好没有毁去，说明约廿万字，也没毁去。又还有其他一些较小的文章可写。若在六七月搞好改正稿上交，今年或许可印，将算是我近廿年比较有分量一本书！[1] 大致可以自动放放假，若果三姐能回来，

---

[1] 事实上直到1981年，才在香港出版了《中国古代服饰研究》，比写此信晚了九年多。

或可同过南方看看亲友。今年已七十过头，还能写这种小字，就可知道一切还好，或许比六二三年变不了多少。看来还不像一时即将“报废”样子。未完待完工作还多，所以得坚决拒绝报废！但是这里不少熟人，多在近八年内小病中即成古人，照规律我也难例外，因此更希望今秋明春或能过南方看看熟人。我们似乎不让退休，不必退休。因为“古为今用”求落实，我近廿年懂的花花朵朵知识，还有的是事情可做！还会有机会和五八九年一样，带了上千绸缎，到南方各工厂搞展览！

萧乾夫妇似乎也还在咸宁，闻也被动员退休，我在那边时没见到他。只在六七年左右，有人从哈尔滨来问树藏事，才知道她在那边一个过万人工厂里做第一书记，不知你知道没有？平时从不告我上升到这么一个“首长”位置，出了事却又要我来为证明。来人初初还故意开玩笑，像审问我一般，说明白种种后，才充满了好意向我说：“她做了那么大事，却不写个信告告你！”我估计，这些人也许会到过上海找你们的！

巴金体力听说还好，我们放心不少。王道乾还在上海？

靳以爱人处望见到时为我和三姐向她致意。熟人统在念中！

曾祺在这里成了名人，头发也开始花白了，上次来已初步见出发福的首长样子，我已不易认识。后来看到腰边帆布挎包，才觉悟不是“首长”！

在咸宁熟人似还不少，一时间或许还回不来。只闻李季已回来主持人民文学出版社。各协还将恢复。月刊还将在一定时候出版。市办试编《文艺月刊》，由浩然和李学鳌主持，已出了二期，似乎不大容易热闹。出了些新书，也不怎么引起读者兴趣。大致还得另想办法，才会有较好发展，因为文学作品不比电影。画家出面的已不少，对外展山水花鸟画又出了场。且说还有美人画。几个大而新宾馆的布置，花鸟山水民族色彩的画更占了个主要位置，还要题诗，盖图章。事实上能作像样子旧诗和写像样行草字的人恐也不会多了！

曹禺闻也患心脏病，住协和医院。本说拟写什么张秋香剧本，或许又过了时，就搁下了。卞诗人和健吾[1]

---

[1] 指卞之琳、李健吾。

或尚在河南漯河。俞平伯、钱钟书、吴世昌、何其芳等虽已回来，似乎还不会把研究工作提上日程，因为不大知研究些什么才合今后需要。我搞的一摊倒似乎还热闹。只是书全散失了，一切得重新添补。主要还靠储蓄到脑子里点滴，工作效率不大会怎么高，是可想而知的。好处是和三姐一样，精神还挺好，体力比这里熟人似乎也还强些。只要有事可做，把别的什么通通忘了。

王道乾那个小女孩，躲在你家沙发后的情景我还记得极清楚，可能也长大成了大姑娘！

便中也希望告告我们生活种种。我们都十分想知道。记得六二年在南京时，还看到赵瑞蕻和杨静如，不知近来还在南京没有？活着没有？这里熟人可故去不少！

并愿一家大小安好。

沈从文

六月十四日

剧变前夕家书

［1976年8月于苏州］

小弟、之佩[1]：

……

得大[2]从北京消息，所有受震出毛病七千所房子，都将于十月节前抢修完好。小羊宜宾住处山墙若修好，一行四人仍回北京，还是比较合理。若北方到九月还不解除警报，南方长江边却已宣告无事，到时我和妈妈也许过南京四舅舅处暂住，我则利用在中山门里的博物馆图书进行工作，倒也是一种办法……我一失去东堂子[3]工

[1] 收信人是作者的次子虎雏夫妇。

[2] “大”是指收信人的哥哥，作者的长子龙朱。

[3] 作者东堂子胡同住处，“文化大革命”中被压缩剩一间。他从干校回京几年，一人在这里工作和居住，每天一次到约两里外小羊宜宾胡同，和夫人一起吃顿饭，并带回另外两餐。

作生活习惯，饮食睡眠习惯都大大改变，夜里总是在翻腾中半睡半醒的，白天却在上下午补睡，也不像能持久。因在北京近年来都是工作到夜十二点以后才睡，上午五点半前后即起。一个上午至少可以在大书桌边整整消磨六到七小时，虽这事摸摸，那书翻翻，说不出什么具体成绩，可是总不离本业。体力充分消耗，转羊宜宾吃饭时，逐渐升级，总是一大碗，一会会即下肚。回去稍躺一会，再来翻翻写写，或来个把熟人商量商量工作，日子过得虽平板，却较有条理。一成习惯，体力精神都显明十分正常，比不少熟人都健康多多。这次一动，可把秩序全打乱了。体力即不易维持，主要是吃喝变动大，起居变动也大。而且是无书可读。所以最正常的打算，还是九月可望回京。不得已，才会去南京。

……并候双好。

从文

八月廿日上午

一、务必要把身体弄好，这是唯一我们担心的事。也是你们对我和妈妈最大的支持。

二、有关工作，以目前总形势计，只有多做事少说话为得计。因为有些方面下降，是一种社会组织种种必然的趋势，随同社会发展，在可见的日子内还要使人感到痛苦是必然的，无可避免的，也即决不是某一部门有三几人正义感可望挽回颓势。肯定还要经过些更大的痛苦才会好转。越知道问题多的人，越“沉默”，即明白“趋势”之不是一人或三数人可以点滴补救。

要对这个有更深的认识和理会，才能作到多做事，少说话，内中有极深远意义。多做有益于人的事，少说无补于事的空话。

但是应当相信，任何恶趋势都是会扭转的，惟决不会在目下可以希望。

三、我这卅年能维持下去，工作信心未丧失，体力情绪也比不少熟人还健康，主要也像是从总的方面学会了最妥的自处之道，即用个“社会主义公民”的资格严格律己。凡事先想国家和公家，再考虑自己，所以永远不至于灰心丧气。即所学本业，也不是什么一帆风顺或得天独厚，其所以取得与人不大相同的进展，就只是不断努力结果，也即多做少说结果。任何当权的要人，都有理由在不得意时即消沉，只有真正明白“公民”的责任的人，才能在任何情形下，都十分认真的照国家所需要的去尽职。

夜的空间

（一个平面的记录）

晚潮静悄悄的涨着。

江面全是一抹淡牛奶色薄雾。江中心，泊了无数从沿海各地方驶来，满载了货物同木料的大船，在雾里，巨大的船体各画出一长条黑轮廓。船桅上所系的红的风灯，一点一点，忽隐忽现，仿佛如在梦里。一切声音平息了，只镇上电灯厂的发电机，远到五里外也能听到它很匀称的蓬蓬作响。

潮向上涨，海水逆流入江，在汊港极多的 ×× 附近，肮脏的江水，到时候皆从江逆流入港。每日皆取同一的体裁，静静的，温柔的，谦驯的，流满了各处，届退潮时又才略显匆忙样子急急的溜去，留下一些泥泞，一个锈烂了的铁盒，一些木片或一束草。江潮一满，把小船移到离江已有两里以上，退潮时皆仿佛搁船到旱地，到了这时大小船只皆浸在水里了。知道了潮的高度到什么地方为止，汉港边另外还有人把棺木搁到那稍高地方的事。因此在这些不美观的地方，一些日晒雨淋腐烂无主的棺材，一些同棺材差不多破烂的船只，在一处，相距不到二十步远近。一些棺材同一些小船，象是一个村庄样子，一点也不冲突，过着日子下来，到潮涨时则棺木同船的距离也似乎更近了。

大白天，船上住的肮脏妇人，见到天气太好了，常常就抱了瘦弱多病的孩子到船边岸上玩，向太阳取暖。或者站到棺材头上去望远处，看男子回来了没有。又或者用棺材作屏障，另外用木板竹席子之类堵塞其另一方，尽小孩子在那棺木间玩，自己则坐到一旁大石条子上缝补敝旧衣裤。到夜里，船中草荐上，小孩子含着母亲柔软的奶头，伏在那肮脏胸脯上睡了，母亲们就一面听着船旁涨潮时江水入港的汩汩声音，一面听着远处电灯厂马达、丝厂机械的声音，迷迷糊糊做一点生活所许可的梦，或者拾到一块值一角钱分量的煤，或者在米店随意撮了一升米，到后就为什么一惊，人醒了。醒转来时，用手摸摸，孩子还在身边，明白是好梦所骗了，轻轻的叹着气。到后是孩子冷哭了，这些妇人就各以脾气好坏，把孩子拥抱取暖，或者重重的打着，用极粗糙的话语辱骂孩子，尽孩子哭到声音嘶哑为止。潮水涨到去棺木三尺时就不再流动，望到晚潮的涨落，听到孩子们的哭声，很懂得妇人们在寒夜中做梦的，似乎就只有这些睡到荒田里十年八年的几具无主棺材。

镇上到半夜，一切人皆睡静了。只余下一家棉花铺拨拨的弹弓声音，一家成衣铺缝衣机密集的声音，以及一家铜器铺黑脸小铜匠用钢锤敲打蜡烛台的声音。从这些屋里门罅间或露出一点灯光，这灯光便成一线横画在街上。

在日里鱼呀肉呀的热闹街上无一个人。静静的一条石子路小街，就只是一些狗互相追逐互相啮咬。在铺子里案桌上把被盖摊开睡觉的屠户，皆打着大的鼾声，或者就从狗的声音上，做着肆无忌惮的奇梦。梦到把刀飞去，砍去了一只猪脚，这猪脚比平时不同，有了知觉，逃走到浜里去了。又或者梦到被警佐拘留到衙门，一定要罚五元，理由则是因为忘了把猪蹄上的外壳除去，妨碍了公众卫生。又或者梦到一个兵士买肉，用十元的钞票，只说要肉四两，把肉得到后就拿去了，不要找零钱，不挑剔皮骨，完全与其他时节兵士两样，凡是这些在日里做不到的，常有的幸福与灾难，这些人都得在梦里重新铺排一次。还有其他做生意的人，也各以其方便在梦里发财赔本，因为这些人，都是在小数目上计算过日子的人！

还有江边做短工过日子，用力气兑换一饱的愚蠢人，不拘在一个破船上面，不拘在其他地方，这些人，只要是还能在那个地方迷迷糊糊睡去，能够做梦，大多数总不外梦到江边有一只五桅船失了火这样一件事。这几天大的船泊到江中，实在是太多了，每一只船上皆不缺少一种失火的机会。用任何理由：船主因为冷烤火，伙计赌博吵架打翻了灯，客人吸烟不小心把烟头丢到木花里去，都得实现那希望中的事情。就不用任何理由，船上也不妨忽然起了火。火一起，于是热闹了。一只极其体面的大船，宽阔的帆，向天空直矗的高桅，以及绘有花藻雕饰的后艄，新上油漆的舱篷，一切一切皆引了火，生气样子的任性燃烧，不可挽救。火光照到江面，水上皆成金波。船主人站到舵楼嘶喊着，有时上下衣还忘记穿到身上。地保沿江跑去，象疯子一样乱嚷乱打锣。江面全是货物，水上浮满了各样东西，成束的干鱼，用铁皮打包的大捆洋布，有狮头为记的花纱，横直皆牵红线的新棉絮，帽子，大衣，皮鞋，美观的磁盆，柔软的皮毛袍褂，凡是这些平常见到过的皆在江中漂浮，各人皆随意在忙乱中掠取，很奋勇把在平时一个人气力所不胜的货物扛到肩上飞奔。消防队来了，地保也来了，水保也来了，各处抓人。但船上的火越多，大家救火，公务人员也各以其方便捞取所欢喜的东西去了，掠取江面的货物再无人禁止，因此一来各人皆把所有欲望满足，只等候天明一件事了。他们皆各以其方便做着这一类适宜于冬天的好梦，有些得了一篓油或一捆布，有些则是一束干鱼，有些又是一套极其称身的布棉衣服。平时胆子太小，吃过水上保证同警察的亏的汉子，梦到把所需的东西得到手后，总同时还梦到仍然为巡警抓住领子，拉到江边去，预备吊到那卧在江边的废钢烟筒上去，打鞭子示众，于是就使狡猾的计策图逃，脚一登人却醒了。还有些不缺少坐牢经验的人，则一直梦到第二次仍然到宝山县又臭又湿的监狱里去作苦工，仍然在梦中挨挞，仍然说谎话赌咒，求大人施恩取保开释。

这地方的这些人，因为他们全是那么穷，生长到这大江边，住到这些肮脏船上或小屋里，大家所有的欲望，全皆的那么平凡到觉得可笑了。他们的盼望得一条裤子或一条稍为软和的棉絮，也是到了这快要落雪的十二月才敢作的遐想，平时是没有这胆量的。然而这欲望的寄托，却简直没有，“善人”这名字只是书上的东西，偷抢也很不方便，所以梦的依据，一切人皆不外这庞大的海舶了。但是这船呢？从海上驶来，大的帆孕满了风日夜的奔跑，用铁皮包身的船舵时时刻刻的转，高的桅子负了有力气的帆从不卸责，船上的伙计们与大浪周旋，吃干菜臭鱼一月两月，到了地，一切皆应当休息，所以船的本身停泊在江中，也蒙蒙胧胧象睡了。

退潮时，江中船只皆稍稍荡动，象梦里在大洋中与风争持帆取斜面风驶去情形，因为退潮的缘故，伙计有披衣起身，摸到铁链在船边大便的了。这人望天中一个小小月亮，贴到高空，又看星，这里那里，全是航海人所熟习的朋友，一一在心中数着这些星的名字。天降了霜，因为寒冷，就想几千里外的家中人，日子在这类粗汉子脑中生出意义来了，时间是十月还是十一月？想要明白了。把货卸了再装上一些货，成束的，成桶的，方的，长的，以及发臭味的，可以偷吃的，莫名其妙的到了舱里，乘晚潮下落开了船……但什么时候到那老地方？也在心上来估计了。过年这件事，应当是在船上拉篷吃干鱼同劣米所煮的饭，还是应当在家中同老婆在床的一头谈笑话睡觉，也想起了。到后却因为远远的神往，终不能抵抗近身的严霜，从小小舱门，钻进气味熏蒸的内舱，挤到一个正在梦里赢了很多洋钱的同伴身边睡下。听到同伴荒谬绝伦的呓语，说着平常时节不敢说的数目，三百元，五百元，象很不在乎似的，就把在舱面已冻冷了的大腿，不大规矩的插到那热被里去。

梦做不成了，用船上人脾气，说话以前先骂祖宗，

“狗同你娘好，把我的钱全丢了？”

“你说五百三百，我知道你是牌九正热闹，我就来压你一腿。”

“你这杂种莫闹我，我快赢一千了。”

“说大话，做梦！”

“落雨了么？”

“是退潮，天气好极了。”

两人若是不说话，于是就听到系船的铁链呕呕轧轧的声音。

另外船上是当真有赌博的，就七八个人蹲到铺上，在一盏小小煤油灯下，用一副天九牌作数目不等的输赢。从一些有毛胡子的嘴巴中，喊出离奇不经的口号，又从另外一种年青人的口里，愤恨中说出各样野话。因为是夜静，本来是话说得很轻，也似乎非常洪大了，到同伙之一觉得太不象样时，就仍然用辱骂作命令，使这声音缩小，莫让船主之类生气。因争持一毛两毛，揪打成一堆的事也有过。因赌输了钱，骨牌的主人，赌气把那三十二张一起丢到江里，且赌咒不再玩牌的事也有过。赌博尽兴了，收场了，各人走到舱面，哗哗的撒着热尿，见了星月，也同样生出点家乡何处的感想。他们也常常梦到与妇人有关系的那类事情，肆无所忌的，完全不为讲礼教的人着想那种神气，没有美，缺少诗，只极单纯的，物质的，梦到在一个肥壮的妇人面前放荡的做一切事。梦醒了，就骂娘，以为妇人这东西到底狡猾，就是在梦里也能骗到男子一种东西。

也有不愿意做点梦就以为满足的汉子，一到了不必拉篷摇橹的时节，必须把所有气力同金钱完全消费到一个晚上这样事情的，江边的小屋，汉港里的小船，就是所要到的地方了。这些地方可以使这些愚蠢的人得到任性后安静的睡眠，也可以产生记忆留到将来做梦。

不做梦，不关心潮涨潮落，只把二毛六分钱一个数目看定，做十三点钟夜工，在黄色薄明的灯光下，站在机车边理茧，是一些大小不一的女孩子。这些贫血体弱的女孩子，什么也不明白的就活到这世界上了。工作两点钟就休息五分，休息时一句话不说，就靠在乱茧堆边打盹。到后时间到了，又仍然一句话不说到机车边做事。

江潮落尽时，这些肮脏的孩子，计算到休息已经四次了，她们于是想起世界快要光明，以为天明就可以休息，工作也更勤快了许多。曾被人说到那是狗一类东西，同是没有睡觉没有做梦的监察工人，从机车的排列里走过，平时不轻易在小孩子面前露笑容的脸，可以看得出高兴的神气了。

孩子们自己不会做梦，却尽给了家中父母们在长夜里做梦的方便。两块钱一个夜晚的生活，是有住到江边小乌篷船上穿红衣打水粉的年青女人才能享受的。这些父母，完全知道得住江船女人那么清楚，且知道上等人完全不明白的“人的行市”，自己的女儿已能在厂里做二毛八分钱的夜工，每一个日子往后退去，人就长大成年，冬天的夜虽然很长，总不会把梦做到穷尽了。

一九二九年作，一九三〇年八月改。

腐 烂

晚风带着一点儿余热从 ×× 吹过上海闸北，承受了市里阴沟脏水的稻草浜一带，皆放出一种为附近穷苦人家所习惯的臭气。在日里，这不良气味，同一切调子，是常使打扮得干净体面的男女人们，乘坐 × 路公共汽车，从隔浜租界上的柏油路上过身时，免不了要生气的。这些人皆得皱着眉毛，用柔软白麻纱小手巾捂着鼻孔，一面与同伴随意批评市公安局之不尽职，以为那些收捐收税的人，应当做的事都没有做到，既不能将这一带穷人加以驱逐，也不能将一带龌龊地方加以改良。一面还嗔恨到这类人不讲清洁，失去了中国人面子。若同时车上还有一个二个外国人，则这一带情形，将更加使车上的中国人感到愤怒羞辱。因为那抹布颜色，那与染坊或槽坊差不多的奇怪气味，都俨然有意不为中国上等人设想那么样子，好好的保留到新的日子里。一切都渐渐进步了，一切都完全不同了，上海的建筑，都市中的货物，马路上的人，全在一种不同气候下换成新兴悦目的样子，独有这一块地方，这属于市内管辖的区域，总永远是那么发臭腐烂，极不体面的维持下来。天气一天不同一天，温度较高，落过一阵雨，垃圾堆在雨后为太阳晒过，作一种最不适宜于鼻子的蒸发。人们皆到了不需要上衣的夏天了。各处肮脏地上，各处湫陋屋檐下，全是蜡黄的或油赭色的膊子。茶馆模样的小屋里，热烘烘的全是赤身的人。妇女们穿着使人见到极不受用的红布裤子，宽宽的脸，大声的吵骂，有时也有赤着上身，露出下垂的奶子，在浜边用力的刷着马桶，近乎泄气的做事，还一面唱歌度曲。小孩子满头的癣疥，赤身蹲到垃圾堆里检取可以合用的旧布片同废洋铁罐儿，有时就在垃圾堆中揪打不休。一个什么人——总是那么一个老妇人，哑哑的声音，哭着儿女或别的事情，在那粪船过身的桥下小船上，把声音给路上过身的人听到，但那看不见的老妇人，是也可以想象得到那皱缩的皮肤与干枯的奶子，是裸出在空气下的。

还有一块经过人家整顿过的坪，一个从煤灰垃圾拓出的小小场子，日里总是热闹着，点缀到这小坪坝，一些敲锣打鼓的，一些拉琴唱戏的，各人占据着一点地位，用自己的长处，吸引到这坪里来的一切人。玩蛇的，拔牙的，算命的，卖毒鼠药的，此外就是那种穿红裤子的妇人，在各处赤膊中找熟人，追讨在晚上所欠下的什么账项，各处打着笑着。小孩子全身如涂油，瘦小的膊子同瘦小的腿，在人丛中各处出现，快捷如狗，无意中为谁撞了一下时，就骂出各样野话，诅咒别人安慰自己。市公安局怎么样呢？这一块比较还算宽敞的空坪不为垃圾占据，居然还能够使一些人在这上面找得娱乐或生活，就得感谢那区长！

这时可是已经夜了，一切人按照规矩，皆应当转到他那住身地方去。没有饭吃的，应当找一点东西塞到肚子去；没有住处的，也应当找寻方便地方去躺下过夜。那场子里的情景，完全不同白天一样了。到了对浜马路上电灯排次发光时，场子里的空阔处，有人把一个小小的灯摆在地下，开始他的与人无争的夜间生活。那么一盏小小的灯，照到地下五尺远近，地下铺得有一块龌龊的布，布上写得有红字黑字，加着一点失去体裁的简陋的画。一个象是斯文样子的中年人，就站到灯旁，轻轻的唱着一种诗篇。起了风，于是蹲下来，就可以借了灯光看出一个黄姜姜的脸。他做戏法一样伸出手来，在布片四围拾小石子镇压到招牌，使风不至于把那块龌龊布片卷去。事情做完了，见还无一个人来，晚风大了一点，望望天空象是要半夜落雨样子，有点寂寞了，重复站起来，把声音加大了一点，唱《柳庄相法》中的口诀，唱姜太公八十二岁遇文王的诗，唱一切他能唱的东西，调子非常沉闷凄凉。自己到后也感觉得这日子难过了，就默默的来重新排算姜尚的生庚同自己的八字，因为这落魄的人总相信自己有许多好运在等候。

这样人在白天是也在这坪里出现的。谁也不知他是从什么地方来到这里，谁也不想要知道他的来处。望到那姜黄的脸，同到为了守着斯文面子而留下的几根疏疏的鼠须，以及盖到脑顶那一顶油腻腻的小帽子，着在身上那油腻腻的青布马褂与破旧的不合身的长衫，就使人感到一点凄惶。大白天因为人较多，这斯文人挥着留有长长指甲的双手，酸溜溜的在一群众生包围中，用外江口音读着《麻衣》、《柳庄》的相法，口中吐着白沫，且用那动人的姿势，解释一切相法中的要点。又或从人众中，忽抓出那预定好了的一个小孩子，装神装鬼的把小孩子前后看过一遍，就断定了这小孩子的家庭人口。受雇来的孩子，张大着口站在身旁，点点头，答应几个是字，跑掉了，于是即刻生意就来了。若看的人感到无趣味（因为多数人是知道小孩子原是花钱雇来的），并且也无钱可花到这有神眼铁嘴的半仙身上时，看看若无一个别的什么人来问相，大家也慢慢的就走散了。没有生意时，这斯文人就坐到一条从附近人家借来的长凳上，默默背诵渭水访贤那一类故事，做一点白日的梦，或者拿一本《唐诗三百首》，轻轻的读着，把自己沉醉到诗里去，等候日头的西落。有时望到那些竞争到吸引群众的卖打卖唱玩戏法的人，在另外一处，非常的热闹敲锣打鼓，人群成堆的拥挤不堪，且听到群众大声的笑，自己默默的坐到板凳上出神，生出一点感想。不过若是把所得的铜钱数着，从数目上，以及唧唧的声音上，即时又另外可以生出一点使自己安慰的情绪，长长的白日，也仍然就如此的过去了。

到了夜里时，一切竞争群众的戏法都收了场，一切特殊的主顾，如象住在租界那边的包车夫同厨子，如象泥水匠，道士，娘姨，皆有机会出来吹风白相，所以这斯文人乐观了一点，把灯点上，在空阔的坪里，独自一人又把场面排出来了。照例这个灯是可以吸引一些人过这地方来望望的。大家原是那么无事可作，照例又总有一些人，愿意花四枚或四十枚，卜卜打花会的方向，以及测验一下近日的运气。白日里的闲话，一到了晚上就可以成为极其可观的收入，这军师，这指导迷途的聪明人，到时他精神也来了。因为习惯了一切言语，明白言语应当分类，某种言语当成为某种人的补剂，按到分量支配给那些主顾，于是白天的失败，在夜里就得到了恢复机会了。大约到九点十点钟左右时，那收容卖拳人玩蛇人的龌龊住处，这斯文人也总是据了一个铺位，坐在床头喝主人为刚冲好的热茶，或者便靠到铺上烧大烟消磨上半夜。他有一点咳嗽的老毛病，因为凡看相人在无话可说时，总是爱用咳嗽来敷衍时间，所以没有肺痨也习惯咳嗽了。他得喝一壶热茶，或吸点烟，恢复日里的疲劳，这也是当然的。到了半夜，听各处角落发出愚蠢的鼾声，使人发生象在猪栏里住的感觉，这时某一个地方，则总不缺少一些愚蠢人们，把在白天用气力或大喉咙喊来的一点点钱，在一种赌博上玩着运气，这声音，扰乱到了他，若是他还有一些余剩的钱，同时草荐上的肥大臭虫又太多，那么自己即或算到自己的运气还在屯中，自己即或已经把长褂脱下摺好放到枕边，也仍然想法把身子凑到那灯下去，非到所有钱财输尽，绝不会安分上床睡觉。

天气落雨，情形便糟了。但一落了雨，所有依靠那个空坪过日子的各样人，都只好在同一意义下，站在檐前望雨，对雨景发愁。斯文人倒多了一种消遣，因为认得字，可以在这时读唐人写雨景的诗。并且主人有时写信，用得着他代笔，主人为小孩发烧也用得着他画符。所以这人生活，与其他人比较起来，还是可以说很丰富而方便的。一面自然还因为是夏天，夏天原是使一切落魄人皆方便的日子！

如今还没有落雨，天上各处镶着云，各处檐下有人仰躺着挥蒲扇，小孩子们坐到桥栏上，望远处市面灯光映照到天上出奇，场中无一个主顾惠临。

在浜旁边，去洋人租界不远，有乘坐租界公共汽车过身时捂鼻子一类人所想象不到的一个地方，一排又低又坏的小小屋子，全是容留了这些无家可归的抹布阶级的朋友们所住。如鱼归水，凡是那类流浪天涯被一切进步所遗忘所嘲笑的分子，都得归到这地方来住宿。这地方外观既不美，里面又肮脏发臭，但留到这里的人总是很多。那么复杂的种类，使人从每一个脸上望去，皆得生出“这些人怎么就能长大的”一种疑问。他们到这里来，能住多久，自己似乎完全无把握。他们全是那么缺少体面也同时缺少礼貌，成天有人吵闹有人相打。每一个人无一件完全衣服或一双干净袜子，每一个人总有一种奇怪的姿势。并不是人人都顽强健康，但差不多人人脾气都非常坏。那种愚暗，那种狡诈，那种人类谦虚美德的缺少，提及时真是使人生气。

到了这时节，这种住处是已容纳了不少白天那种走江湖的浪人。

主持这住宿处的，是许多穿大红洋布裤子妇人中最泼悍的一个，年纪将近四十岁了，还是常常欢喜生事。

这妇人日里处置一些寄宿人的饮食，一面还常常找出机会来，到别的事上胡闹。夜静了，盘算一切，若果自己挑选了一个男子，预备做一件需要男子来处置才得安宁的事，办得不妥，就毫无理由的把小孩子从梦中揪起重打一顿，又或在别的事上拿着长长竹竿，勒令某一个寄宿男子离开这屋里。主人小孩子年纪九岁，谁也不须考问这小东西的父亲是什么人。小孩子一头的疥癞，长年总是极其龌龊，成天到外面去找人打架，成天出去做一些下流事情。他白日里守着玩蛇人身旁，乘人不注意时，把蛇取出来作乐，或者又到变戏法的棚后去把一切戏法戳穿。与人吵闹时，能在年龄限制以外的智慧中，找出无数最下等的野话骂人，又常常守着机会，在方便中不忘却盗窃别人的物件。

照规矩，在这类住宿地方，每人应于每天缴纳十一枚铜子，就可在一张破席子上躺下来，还可以花一个十文，从茶馆里泡茶，把壶从茶馆里借来，隔天再送回去。有些住客，带得有行李，总象是常常要忘记了这茶壶不是自己东西，临走时把它放到自己行李里面去。茶壶不见了，隐藏了，主人心里明白，问了又问还是不见，于是就爽快的伸手到那小小行李中去把壶检察出来，一面骂出一些不入耳的话把客人轰走。客人在这样情形下，也照例在口里骂出一种野话才愿意出门。这些人，又或者无意中把茶壶摔碎了，大家就借此大吵大闹，结果还是茶馆中人来骂一阵，算是免去赔偿的代价，吵闹才能结束。

他们住处也有饮食，可是吃主人办来的伙食，总只是那初次来此的人，其他的人是不吃主人东西的。这些人的肚子里，因为照例也得按时装上一点东西，所以附近各处，总不缺少贱价的食物。发臭的，粗粝的，为苍蝇领教隔日隔夜变了颜色还来发卖的一切食物，都可以花钱买到的。上等人吃饼糕，这里也有一种东西仍然名叫饼糕。上等人吃肉，这里也有肉。上等人在暑天吃瓜，要开心又来一点纸烟同酒，这里也还是满盘的瓜同无数的纸烟，无量的酒。总而言之。租界上所有的一切吃喝哄口的东西，这区域是并不因为下贱就无从得到的。他们吃什么这些人也吃什么，不过所吃的东西，稍稍不同罢了。譬如酒，那些用火酒和水掺混的东西，用瓶子装好，贴上了店家招牌，又在招牌上贴了政府的印花税小小票子，酒的颜色还有红有绿，难道这东西不是已经很象酒了么？他们得了点钱，把这样酒买来，吃得大醉后，不是寻事打闹，就是纵横的吐呕，每个人好在总是那么吃腐东西，受风雨虐待日子太久，酒精的毒又不会一时发作，所以开铺子的把印花税贴足，良心也就非常安宁，不问这酒的一切影响了。

这斯文人是也住到这样地方有了些日子的。

在寄宿处不远，过斜街，还有公安局派出所一处。市公安局是从没有忘记这地方还有这些活人的事情，他们从区长到巡丁，大家都记到这里是有人的，凡是一个活人，都应当按照生活营业向官厅缴纳一定的捐款，房捐，营业捐，路摊捐，小车捐，还有什么更好听的名字。他们都非常耐烦，不以数目很小就忘记过一次不派人来收取这神圣的国课的。好象卫生捐，治安捐，这一类动人名目，在这些地方也就仍然能够存在。地方既住得完全是一些下等人，一切都极不讲究，若不是常常有警务人员来视察沿浜情形，以及各家情形，还不知要成什么样子，所以卫生捐就应当收了。至于本区人口既杂乱不堪，动不动就要闹出事情，若非有几个治安警察，遇事发生，就把两造带去拘留到看守所，审问时用违警律处罚点小款到一切爱生事的人头上，警戒到下次，还不知每月要出多少乱子！

派出所巡警们，除了收捐日子较为忙碌，其他时节尚比较清闲，所以每遇到有什么事发生时，总是把人带局，拘留了半天，审问过后才开释的。站岗的巡警，则常常到茶馆去享受店主的一壶热茶，同熟人谈谈报纸上所说的一切新闻，消磨这个使人忍耐不下的长日。他们白天有时到那块近于竞技处的场子里，走到相士边站站，又走到西洋镜的匣子边看看，各处往来。夜里则绕到这一个场坪，用警棍击打预备要在场内拉屎的各种野狗。照例这些无家可归的野狗，一见了这尊贵的公务人员，就夹了尾巴飞奔的窜到横街小弄内去了。

因为没有一个人，那斯文人独在灯边平地上站了半天，一个夜班巡警从横街走出，望到那情景，走过来看了一会，同相士谈了一阵闲天，有毒的蚊子叮在手背发痒，所以约莫十点左右，巡警的提议生了效力，相士就收拾了场面回到住处喝茶睡觉去了。

夜静后，许多在露天下赤身睡觉的男子，因为半夜来一阵行雨，都收拾到屋里去了，场子中静悄悄的无一个人。白日众生聚集的地方，这时显得宽阔异常。隔河浜的电灯，白惨惨的，一排排的，各个清清楚楚的，望到对河浜的事情，只是不说话。这时节空坪里来了一个卖饺饵的人，还停留在场坪中央不动，轻轻的敲打着手中的梆子，似乎是惟恐惊醒旁人样子，敲了一阵又沉默了。

粪船开始从浜河划来，预备等候装取区内的大便，船与船连系衔接磕磕撞撞到了所要到的地点，守船人皆从船头上了岸，向饺饵担架边走来吃饺子。雨已经早止住不落，天上出了月亮，许多地方看得出云在跑走，风从别处吹来时已经毫无日间余热了。

似乎是因为听到碗盏相磕的声音，从小街一端那巡警又走出来了，同时又从另外一个弄口也走出来了一只大狗。这两样东西皆不约而同的向饺饵摊边走去。不到一会儿，巡警的一饼圆脸，便在饺饵汤锅热气迷蒙中有趣的映出；那只狗，却怯怯的要求讲和似的，非常谦卑蹲到一旁，看巡警老爷吃饺子了。到后又动了一阵儿风，卖饺饵的已扛了肩担走去了，粪船上的人皆到相熟的妇人小船上去了，只有几个生手无处可走，躺到浜边石级上小睡等候天明。场坪中剩下了巡警一人，嗅着从制革厂方面吹过来的臭风，他按照职务要绕这区域沿浜走去，看看是不是有谁从家中抛出一个死去的孩子，或这一类讨厌的事情。在职务上他有了一点责任观念，所以这时虽然极其适宜于同妇人在一个床上睡觉，他不好意思去找寻做梦地方。

一切是那么静，一切皆象已经死去，白日里看来小小的屋，这时显得更小了。一只猫儿的黑影子，从那平屋的檐头溜去，发出小小的声音，又即刻消失到黑暗里，这地方于是就象只有巡警他一个人是活人，独立到这天空下视听一切了。他走了又走，走到将近桥头地方，一个路灯柱旁边，见到了一个人形，吓了这个公务人员一跳。其实这仍然是预料得到的一种事情，这样天气，这样使人随处可以倒下去做梦的好天气，一个人是并不出奇的事情！不过这时这公务人，正咯咯的翻着胃中饺子的葱气，心里想到一件不舒服的事情，灯柱下的一团人影使他生了一点照例要生的气了。他于是就壮着自己胆子，大声的叱问是什么人在此逗留。灯下的人，正缩成一团，坐在柱边睁大了眼睛，望到路灯上的一匹壁虎，盘据到灯泡旁捕虫情形出神。这是无家可归的小孩子，是许多这样孩子中的一个，日里因一件事情正为巡警打了一顿，到晚上找不到一个住处，凡是可以睡觉的空灶头都为另外的人占去了，肚子又空空的极不受用，这小孩子躺到一个棚下，看落雨过了，还想各处走走，寻一点可以放到肚子里的东西。走到了这里，见到那爬虫，小蛇一样很灵敏的样子，就忘了自己的事，坐到下面欣赏了许久。他这时正在心中打算，如何爬上去把那小东西捉来玩一阵，忽然听到巡警一声吒叱，这孩子以为爬电杆的事已为巡警看到，本能的站起来就飞奔的跑了。

这杂种，这不知父母所在，象是靠一点空气就长大了的小东西，对于这时所发生的事情，并不觉得是新鲜事情！他一面奔跑，一面还回头来望到后面，看看是不是要被追逐一阵。他这时正极无聊，所以虽然觉得害怕，也同时觉得有趣。本来追了几步，这巡警按照一个巡警的身分，就应当止住了步。可是今夜的事稍稍不同了一点，这巡警无事可作，上半夜还喝了一杯酒，心头上多少有点酒意，看到小孩跑了又即刻不跑的样子，似乎对于自己的尊严有了一种损失，必须有所补充，就挥舞着他那一根警棍，一直向小孩子逃走的方向冲去。小孩子知道这情形不好，知道那警棍要到头上背上了，赶忙拉长了脚步逃走，想再跑一阵，就可以从一个为巡警所不屑走的脏弄堂里，获得了自己的安全。可是这场坪的尽头，正有许多坑，小孩子一不小心，人就跌到这水坑里去了。巡警听到了前面的声音，就赶到前面去，望小孩子在脏水里挣扎好笑。他就问他：

“做什么跑？”

这意思是好象说既不偷了谁的东西，为什么一见了巡警就想逃走。他为了证明这逃走不应当，简直是愚蠢行为，且警告他逃走就是有跌到水里去的理由，这公务人员且不去援救一下落在脏水里的小孩子。他看他怎么爬上坑来，如何运用他的小手小足。因为面前是那么一个不足道的小小动物，而且陷到这坑里惶恐无措，这时这巡警的愤怒已经完全没有了。因为问到小孩子为什么要逃走的理由，小孩子没有爽朗的答应，这体面人就用那带着神圣法律的意义的警棍戳小孩子的头，尽小孩子在脏水中站起来又复坐下去。小孩子不知道应当如何要求这老总，又没有一个钱，送给这公事中人，又不能分辩，说这个事是不应当的玩笑，就只很可怜的坐到脏水中，喊“莫闹莫闹”，摇着那瘦小臂膊，且躲避到那警棍。过了一会，巡警觉得在这地方，同一个这样渺小东西打闹，实在是无趣味，自己就唱着“老渔翁”调子扬扬长长走去了。

小孩子坐到坑中半天，全身是脏水，眼见巡警已经走去了，皮鞋声音远了，才攀住一点东西爬起来，爬出到坑上，坐在地上哭了一会。到后觉得哭也无益，这时决不会有一个人从什么地方过路，随手给一个钱，并且肚中有点儿饿，一切的行为，也使自己疲倦了，就望到远处天的一方电灯的光，出了一会神。他想到这些灯底下的人那些热闹情形，过一会儿又忽然笑了。他很奇怪那些灯同那些人，他知道在这些灯光下，一定是有许多人闹着玩着。一定有许多人在吃东西喝酒。还一定有许多人穿上新衣，在路旁那么手挽手，从从容容慢慢的走路，或者逗留在一些大窗口边，欣赏窗内的各样东西。窗内是红绿颜色的灯映照着，比白天还美观悦目。一切糖果，用金银纸张包裹，一些用具，呢帽子，太太们的伞，三道头的大皮靴子，小小皮夹同方圆瓶子，没有法子记清楚！烧鸡烧鹅都同活的一样神气，成串的香肠都挂在窗边，这些那些，值钱一百万或更多，总而言之是完全的放在那里等候人来拿去随意吃用的东西！这究竟值多少钱，这究竟从什么地方搬来，又必需搬到什么地方去，他是完全不能知道的。他到过这类地方，也象别人那么恣肆欣赏过窗内的一切物品，因此被红头阿三打过追过，一切都记得清清楚楚。这时节是不是还有那样多人在那些地方，是不是还有红头阿三，他可不大明白了。但是，还有灯，当真是还有灯，那些光映到半空，如烧了天的一部分。

他看过这些，想起这些，记到这些，于是不久就有一个红头阿三的黑脸，在自己眼前摇晃，显出很有趣极生动的神气。照规矩，他要跑，这大个子黑印度人就蹒跚的舞动着手上那根木棍头，追赶前来。“来，一过来就可以大杀一阵！”他记起拾石子瓜皮掷打这黑脸鬼子的事，当时并没有当真掷过，如今却俨然已把瓜皮打在那黑脸上，他乐了。“打你这狗肏的！打死你这狗！打你鼻子！”是的，瓜皮是应当要打在鼻上才有趣味。他就坐在一个垃圾箱上，尽把这一类过去的事情，重新以自己意思编排一阵，到后来当真随手摸去，摸到身边一个柔软的东西，感觉很不同，嗅嗅手，发恶臭气味，他才明白了现在地位，轻轻骂着娘，于是一面站起一面又哭了。

天上的月亮斜了，只见到一颗星子粘在蓝蓝的天上，另外地方一些云，很悠遐的慢慢走动，这时有一辆汽车，从桥上过去，车夫捏喇叭象狗叫。

他看到天上，他听到象狗叫的喇叭声音，却不大有趣味。他有点倦了，不能坐到有露水的场坪里过夜。得找一个有遮蔽处去睡觉，一面揉他的眼睛，一面向一条小弄堂走去。一只狗，在暗处从他身边冲过去时，使他生了气，就想追到这狗打一顿，追了几步过后又想想，这事无味，又不追了。他饿了，他倦了，什么办法也没有，除了蜷成一个刺猬样子，到那较干爽的地方去睡到天亮，不会再有更好的事情可作。他的身上一条裤子，还是粘上许多湿腻腻的东西，这时才来脱下了这裤子，一面又想到日里一些事情。

到后，他把这小小身体消灭到街角落的阴暗处，象是为黑暗所吞噬，不见了。

天还没有发白，冷露正在下降，睡在浜边石上的粪船夫中一个冷醒了，爬起身来，喊叫伙伴。这样人言语吝啬到平常一切事上，生在鼻子下的那一张口，除了为吃粗粝东西而外，几几乎是没有用处了。他喊了伙伴一声，没有得到答应，就不再作声了。他蹲到自己粪船上去，卸去自己一切的积物，咚咚的响着，热屎落在浜中，声音极其沉闷。

从南端来了一只小船，从那桥洞下面黑暗处，一个人象是用一只看不见的手使船慢慢的移动，挨近了粪船。

一个妇人看不清楚面目，象是才睡醒样子，从那个小船的篷舱口爬到外面，即刻就听到船中有小孩子尖声的哭喊，妇人象毫不理会，仍然站在船头。

粪船上另一个船夫也醒了，望到那新来的船，不很明白是为什么原因。

那船靠近粪船了，船与船互相磕撞着，发出木钝的声音，河中的水微微起着震荡。

“做什么？”

那妇人，声音如病猫，低微而又见出沉闷，说：“问做什么？一个女人尽你快乐。”

"什么事情？"

"你来，你来，"船夫之一明白这是什么事了。

"我弄不出钱。"

"你说谎话，只两只角子。"

"两只铜子也找不出。"

妇人还是固持的喊着，"你来！"

男子似乎生气了，就大声的说："糟蹋我的力气，我不做这件事。"

妇人象是失望了，口中轻轻吹着哨子，仍然等待什么，要另作主张，站在船头不动。

那最先一位船夫蹲到船头大便完了，先是不做声，这时就想去到船尾去，看看妇人是什么样货色。两人接近了，船傍着船，妇人忽然不知为什么，骂出丑话来了。

"……"

"不要么？"这样问着，却不闻有何回答。

隐隐约约的是那船夫的笑声。

过了一会，那只船，慢慢的，仍然看不出是为什么原因，那么毫无声音的溜回到那黑暗阴沉的桥洞下去了。被骂过一些野话的好事船夫，毫不生气，就站在船上干笑。一枚双角可以过船上去做一种出汗事情，但一个钱不花，被他在一种方便中捏了一把妇人的胸部，这件事做得使自己很满意，所以他笑了。

过了一会，这只船为桥的涵洞所消灭，已经看不见影子，一种小孩子被打以后似的哭声却又大了。这声音尖锐的从黑暗中飘来，同时也消失在黑暗里，听到这个声音，知道那个方向同到理由，船夫还只是干笑。

另一个船夫蹲到浜旁，正因为无钱有点懊恼，就说：

“她生了气呢。她骂你，又打她的小杂种！”

“你怕她生气去赔礼罢。你一去她就让你快乐，不是这样说过了么？”

“她骂你！”

“……”

那一个不做声，于是这一个蹲在岸旁的，固持的说了三次“她骂你”，嘲笑到伙伴，自己也笑了。

这时节，不知道什么地方，有什么东西落到水里去，如一只从浜旁自己奋身掷到浜中去的癞蛤蟆，咚的一响，浜中的死水，便缓缓的摇动起来，仿佛在凉气中微微发抖，小小波纹啮着那粪船的近旁，作出细碎声音，接着就非常沉静了。

某个地方有一只雄鸡在叫，象是装在大瓮里，究竟在什么地方也仍然听不分明，两个粪夫知道自己快要忙碌做事了，各人蹲在一个石墩上，打算到自己的生活。天上有流星正在陨落，抛掷着长而光明的线，非常美丽悦目。

一九二九年七月二十日作成，八月重改。

建设

一

市的小河，是因为 ×× 山旁的大房子的建筑，运石子，运水泥，运铁运木，平空加了许多从省里来的船只，因此今年来更显得兴旺了许多。

那小河中有许多住家的小船。小河旁边，有一排湫陋逼窄的小平屋。这地方因为方便，名字就是河街。河街有烟馆同面馆。有卖绳缆的铺子。有杂货字号。有屠户。有铸铁锚与琢硬木活车，以及卖船上应有器具的铺子。有一家新开的理发馆，走路的人们，从玻璃窗上望过去，总常常见到一些大而圆的脑袋，在一种极呆气的情形下，被剃头师傅用刀刮头。有几家供船上人开心的妓院，三五个大脚女人，穿蓝花洋布衣服，红花洋布裤子，粉脸油头，鼻梁根扯得通红，坐在门前长凳上，见有人过路就眯眯笑，且轻轻的唱歌。一条肮脏的长街上，一年四季总是湿漉漉的不好走路，一些从这些小屋子里或河船上长大的孩子，大白天，捧了小小公鸡，身后跟着一只肥狗，街头街尾找公鸡打架。或者无聊了，为一句话两个孩子就互相抓着揪打起来，揉到烟馆门前的烂泥里去，使那成天站在烟馆门外招呼主顾的帮伙，常常为了这事更大声的吆喝。街上卖糕的皆敲竹梆，卖糖的皆打小铜锣，这些人，并且都各知道由口中唱出一种鄙俚的调子，同女人身体某种地方相似的比拟，逗引旁人注意。

这街上，还有一家下等茶馆，一面临河起了一个吊脚楼，一面临街，对到一家卖买旧货的小店。这茶馆一切的布置与情调，皆与到此地来的人物极其相称，肮脏油腻的桌面，细腿的板凳，以及大青花盖碗中泡上粗叶子绿茶，另一种上等人茶馆所缺少的这里都有了。来此喝茶的全是一些下层社会的男子，一些船上的水手，一些拖半日车的包车夫，一些专在码头上放债的大爷，一些住到东市在买菜一类事上赚了点钱找不出用处的厨子，还有的就是一些谈肉价米价的小生意人。各人来到了这里，选上一个位置，泡一壶热茶，咽嘟咽嘟喝一阵，又把所有心里想到的事，或听到的新闻，同旁人谈着，算是享受了一点生活。等到记起了另外的事，或觉得已经坐够了，就把四个铜元塞到那专司加水的伙计手心里，走去了。来来往往的人一天是数不清的。因为生意不冷落，到今年七月，茶馆主人把电灯也装上了。花了很大的价钱，从城中接线，租了火表，七个工人敲敲打打了一天，有了电灯每天到了晚上，管事的把临河装置的一排红绿灯机关一扭，从河下远处皆可望见这茶馆所在，泊在远处的船只，想要上茶馆来皆不至于迷失方向了。

到了晚上，这茶馆里屋梁上的电灯，把暗淡的黄颜色的光明散满了一个屋子，肮脏的方桌旁边坐满了喝茶谈天的人，两把长嘴大肚的开水铜壶，在灯光下炫耀着金色，在两个与铜壶样子作一对称小瘦而有烟容的孪生兄弟手里，各处的来去添水。门外常常停得是卖炒豆花生一类东西的担子。一个卖油煎臭豆腐的生意人，同一个做芝麻饼生意的人，一到了晚上，也总是把担子放在这茶馆门前，尽顺风把那臭味熏进一切有臭豆腐嗜好的人鼻子里去。因为一些香味的诱惑，于是就有人从腰兜里掏钱，叫伙计买东西的事发生了。那加水的孪生兄弟，既有了同一的样子，也不缺少同一的聪明，这聪明就是在任何忙乱的情形下，一面自己口中哼着，一面把大铜壶的嘴，远远的向一个桌上的碗中洒出一线热水，一面还听得分明身背后客人差派的言语，牢牢记住。

只要一听到有人在某一处喊叫要买东西，照料添水的这两兄弟，是不到一会儿就到了跟前听候使唤的。人既到了桌边，掏出钱来，告他要买什么，把钱接到手，看了一看，看清楚手上铜子不是沙板了，就从一些座位间，象一只逃走的瘦母狗，飞窜到门外去，站到门前，拖着大而哑的声音，象唱戏一样，在那臭豆腐摊边一唱，说明白了是第几座某大爷的生意，把钱掷到一个空碗里，又即刻窜回到放茶壶处，把壶攫到手，走到另外一个座旁去了。油豆腐已在茶客口里咀嚼后，为这伙计见到了，虽极其忙碌，总做出一个笑样子，找出一句话来，对于这食物加以一种奖誉，好象使吃这东西的客人，感到一点快乐。他的话照例必定是一个内行的话，虽然明白是祖护到卖东西的一方面，不过总仍然象是完全为主顾设想有利益的话，那理由，一面自然是做这一种职业的人一件必须的义务，一面还是卖油煎豆腐方面有一种好处。本地方的规矩是不因为到河街来破例的。他们将在十个铜元内抽出两个，这是做生意人承认了的酬劳。这茶馆生意日益兴旺，在这孪生兄弟管理下的两把铜壶日益发亮，这两兄弟烟瘾也一天比一天大了。茶馆的生意每夜总做到十点钟左右，到喝茶客人散尽，上了门，熄了灯，管事的一个人在柜上数钱，这两个孪生兄弟，清理了一下桌椅板凳后，就把被卷摊开到两张拼起来的大方桌上，中间摆一盏灯，对卧过瘾，一直到三更才睡觉。

这时这茶馆是正热闹时候。只见两把壶被高高举起，从壶嘴里喷出滚热的水来。两个茶馆伙计嘶声的唱着一切唯有自己分明的曲子，提了壶各处走动。各个桌子旁皆有人剥葵花。一个屋子里充满了下等烟卷气味。地板上全是白色灰色细碎的葵花壳同黄痰。

这时候，从门外进来了两个人，前面一个是在这茶馆对面开旧货铺子的主人，一个酱色脸的二等胖子。后面跟得是一个衣裤敝旧无赖汉样子年青人。这汉子随了那旧货店老板进了茶馆，找到了一个角落空座，两人坐下了。茶伙计拿了两套碗盏走了过来，认出了那二等胖子是住在对门的熟人了。

“哦，是张老板，我拿小碗来”。因为喝小盖碗是有身分的人才能办到的，所以伙计这样说。

“随便点，大喜。”那胖子说，“我们谈两句话就要走。”

这伙计听到那老板说的话，就不动了，一面加水到碗里去一面望那同来坐在横头的年青人。这是一个仿佛从军营里退伍出来的人物。上身穿得是肮脏的军衣，面目瘦削，头发极长，一个高耸的鼻梁同一个大口，使这茶馆伙计想起另一时所看到的一个枪毙的逃兵样子。把两碗茶加了开水，推到两个人面前以后，伙计向那胖子生意人开了口：

“老板，来一碟瓜子？”

“不要。——随便吧。你去招呼他们，我要什么再叫你。”

伙计打了一个哈欠，象发了瘾，提了壶走去了。这老板望了一会附近的喝茶人，才轻轻的说，“喝茶，”自己也把那盖碗甩开，刮了一下水沫，呷了一口茶。

那年青退伍军人模样的人，仿佛心情另外为一些事所萦绕，看了这情形，也照样的非常粗糙的把茶呷了一口。

“你一定在什么时候拿来？”那老板轻轻的同那年青人说话。“他们都是要看了才定下价钱。你我虽是第一次，你总听到说过我的脾气。我不想在这件事情上得到多少利益。我愿意帮一个尽忙。你放心，我不是那些坏东西。”

年青人，把两个肘弯屈在肮脏的桌子上，很不耐烦的点点头，“我信你，才来找你。我听到吴大爷说你仗义慷慨，我一点不疑心你对我说谎。不过你说先拿出来怎么行？你知道我们的难处。你若答应了我有五十的数目，同时交货拿钱，我才能够做到。我不是骗你，你可以看了货再交钱。我们……”说到这里，这汉子，象是又忽然想起了心事，轻轻的在桌子上捶了一拳。“你看，行就是这样办；不行拉倒！”

“有什么不行？我说的还是要看看。我纵答应了你，五十也好，六十也好，到那时，你那个不值一块钱，怎么办？你无论如何会信我，若果一切照你说的，无一点毛病，我决定五十。不过，若果……”

年青人听了稍稍生了点气的样子。“什么毛病不毛病？若不是急等钱用，我拿到 ×× 去找油客，话也不必说就可以得一百二。我不是完全外行。我知到行市。五十块，谁也会明白这是一个最小的价目！”

“我知道！就正是因为即刻要钱用！上月为连玉卖那个‘小鸡’，因为也是急于要钱，三百一个数目就卖了，还加上那小东西五百颗，那个到 ×× 我也听说是值一千出头的。这样月份，什么事都是这样子，不容易！你说五十，我依你，我包了，使你可以放心。你明天晚上拿来，我们谈，当面办妥，好不好？”

“这地方不大方便。”

“那你看什么地方方便？尽你的意思。我们一定是两个人，你看什么地方合式。你可不可以到船上去？”

“我邀你们到对河去。”

“对河吗？”这老板想了一下，就笑了。“不行，你太方便了，我们可不方便！我们主顾恐怕做不惯。”

话是象说到了另外一种意义上去，恐怕引起年青人的误会才止着了的。但这年青人，似乎仍然是明白什么是不惯的下文了，就说，“他们怕我脱虚吗？我可以先拿机柄给他们。”

“不是那样。什么我们都不怕。我们怕得是同旁人打麻烦。你是我相信的。纵是生人我也相信，何况提起吴大哥的朋友。你可不可随便一点，就把东西拿到我们这里来？茶馆人多是更方便一点，不会为人注意的。他们完全都是到这地方谈话，你若实在不愿意，我们还不妨到这里约齐，再到一家烟馆里去商量。”

年青人想了一会，很勉强的答应了，站起身来就想走。

“什么时候？”主人同时也站起了。“把时间弄妥当好一点，请你约下来。”

“你说八点就八点。”青年说时仍然是有不高兴神气。“我是但愿今夜间就办好的。我既然不能把它即刻拿来，就说准了明天八点罢。”

这时茶馆伙计走拢来了。

“老板，要走！怎不坐坐？”

老板就从身上掏钱，年青人不让那胖子占先，忙从衣口袋里抓出了一把铜元，约有三十枚左右的数目，其中还有两个双角银洋，一把掷到桌上，先走出了这茶馆。

本来的茶钱，是只须三十文一个座位的，这时，茶馆伙计看到银角子在桌上滚，忙用手去捕捉，把角子抓到手心了，一面同那收旧货的胖老板说谢谢，一面就想追赶出去，做一点刚才对于客人轻视与忽视的赎罪事情，行一个礼，说几声谢谢，但等到追出去时，那军人样子的青年已走出茶馆不见了。

那胖子刚要出去，从一张条桌前面经过，就为一个船上艄公模样的中年人用大而粗糙的手一把抓住了。

“哥，你忙什么？”

“黑大，是你！你又转来了？”

那胖子即刻就又坐到那艄公桌旁了。他们谈着话。

他们谈得仍然是只有他们这一类人才能明白的行话。这艄公，是一个专用打鱼船来去 × 埠与 ×× 市各处偷运大土同其他一类物件的人。一个水码头上知名的人物。他的船就泊在茶馆吊脚楼下面。喝了一会茶，谈了一会天，艄公邀胖子到船上去，试试从 ×× 新得的老土煎成的烟膏。

这两人，不久就从那茶馆隔壁一个又湿又臭的小弄子内走下河去了。

二

在××山旁作工的一千余工人，两个月来的忙碌，值三毛钱一天廉价的精力的耗费，按照工程的步骤，工程师聪明的计划，三百七十亩的面积，已渐渐平成一片广场，缺处填补，凸处炸去，凡是应行建筑房屋的铁柱，也已经为人的气力与机械的气力，处置得很妥贴了。

天气渐渐冷下来，建筑工程处周围各地，小水沟早上已在水面结了薄冰。

有些工程因为天气关系停顿了。工程处工人也从一千的数字上减到三百了，留到这里的就只是搬运材料以及很平常工作的一些人，这些人就住在工程处附近用木板木柱临时搭成的小房子里。三百人一共分住在三个地方，大清早，东方的天还刚刚发白，山上驻军帐幕里走出了一个身上穿着臃肿不相称的棉军服的年青号兵，迎风呜呜吹完了起床号一通，在喇叭声音没有完毕以前，兵士们，习惯于早起，皆起了身。再稍后，约有五分钟，工程处一响了锣，一群一群下等人就从肮脏的木板屋中走出来了。他们各穿着肮脏不整齐的衣服，有些是从乡下来的农人，有些退伍的兵士，有些曾在县公安局服过务，又有些是与电灯电报一类生活发生过关系的人，所以破烂的青色制服，以及圆顶的呢帽，后跟已露出的皮靴，皆可以在这一群人中挺然发现。他们从住处走出，各人鼻孔皆在寒气中放出热气，各人皆用手呵着搓着，各人还很随便毫无拘束的扯脱了裤子的前裆，哗哗的撒着热尿。他们都仿佛没有什么话必须和同伴说，各人望望天，不拘天气好坏，似乎从天上的云彩皆可望出日子的意义，皆明白今天一切与昨天一切完全一样，点名，发签子，按工头所分配的工作去做事，搬砖，扛铁条，用柏油敷到铁柱铁管上面，用铲子撬挖绕 ×× 小河沟中的污泥……大坪中各处皆听到金铁声音，听到汽压槌蓬——的打在屋础上声音，和到小铁槌敲打钢管的声音。沉重的柏油桶各处滚着。大木料横斜成十字的垒上去到成小塔。人则各以其因缘爬到高空或沉入地下，在方便中也吆喝着歌呼着，且常常用着那最道地的话语辱骂着他的助手。一切的力皆卖给三毛钱一个小数目上了。一切力为一个聪明的工程师的计划活动着，一切物件，一切石头同木铁，皆遵照工程师的命令，立着，卧着，叠垒着，这些东西也就常常象叹息，发出洪大的，尖锐的，嘎长的，或沉闷的声音。……于是太阳慢慢的照样从天的低陷处出现了。随了太阳而来的是温暖与光明，于是地面有霜露的地方，木料上，或者成堆的铁条上，凡是经霜露的一处，在没有经过人手以前就经过太阳的温暖所抚，皆发出淡淡的白烟，沟中结在水面的薄冰，闪着哑的光辉，慢慢的在日光下融解。于是一切声音更大了。……工人中谁也缺少那种大胆，敢在生活上加以一种惑疑的符号，以为一切合理的都不很合理，一切世界一切规则皆应当重新来安排一次，他们纵不做工也有拿三毛钱的理由。他们都仿佛很明白气力的悭吝是一种罪过，所以到后各人就仍然把工头所颁发的竹签扎到裤头上，到工作地方去了。这些人，工作到了晚上，他们就又钻进到那肮脏小屋里去吃饭睡觉做梦，或说一点笑话，赌点钱，骂几句野话。

天气温度的下降，在建筑 ×× 大屋的工人中，是些什么事？天气冷下来，用粗糙的手抓着冰冷的铁，直到出汗以后才明白这手是自己的手，这是冬天工人的一种严肃的意义。另外是一些生来一点也不聪明的汉子，天生就的顽强的身体同顽强的心，分配在掘泥工作上，毫不迟疑地跳进污水沟中去，捏紧了铁铲的把手，奋力的橇取有臭味的黑色的冰结了的沟泥，虽全身累到出了汗，两只脚还是冻结在水中。还有另外一种，是因为前一日过分的疲倦，小小任了点性，贪恋到棉絮的温暖，在早上做着很放肆的好梦，上工的锣声只增加了梦中热闹的方便，忘了起身，到后是得小头目走来，臀部一脚，抓起放到烧柏油处去升火，扣薪一半，作为惩罚。但是这天气，在世界上另一种人，可只有天知道了！岁暮天寒，清露严霜，一些雅人饮酒赋诗的机会就来了。住在都市上一些有钱的人，天气只要稍稍一转变，就皆知道从箱柜中取出那体面值钱温暖柔软的皮衣加到身上了。富人贵人皆知道用暖汽炉或电炉，保护客厅卧房的空气，使之永远象二三月的春天。好女人陪了老爷出外来赏雪，皆用貂狐包裹一身。他们是占有了春天的人类，所以冬天也归这些体面人物享受了。

在工程处小山上有兵驻营，山上的兵是在大建筑动工以前就到了这里的。不过步兵一小队，人数约在四十，一个尉官统率了这些人。在同样的天气下，兵士们是与工人有同一命运，十月的早寒终是无法逃避的。虽然各人穿上了崭新的灰大布短棉军服，对于寒气的袭击，没有什么要紧，但也仍然是东方一发白就离开了棉被，很愚蠢的随了喇叭声音集合到广坪中，略近于呆子一样大声接应着点名时的“到”字，于是接连就又捏了冷的枪械跑步下山，到大坪里来操正步与跑步的。空场中既是各处皆有建筑材料的堆积，又不缺少房屋的石基，这些年青兵士们，就依照年青精明的队官命令，绕着这些材料堆只是跑，或者又利用材料堆，作为敌人的堡垒与自己城墙，取攻守阵法演习作战。他们与工人正象在一个世界里用着同一无目的劳力浪费着，工人的力就留在一些培养教会势力的大建筑上。兵士呢，学得整齐与劳苦的忍耐，在另一时机会一来，凭了很正派的名义，就拿去在钢铁飞窜爆裂的战争上，为那些有身分有势力的人物意气兴味上打一个长久的仗，或者流血，或者死亡，腐烂发臭，也不必再需要人为他们照料。

因为军纪那一类原因，兵士们被处罚挨打的机会，似乎比工人还要多许多。当一个年青兵士，有时被罚在山下坪中，立正一点二点钟时，那严肃如木偶的姿态，在相近处掀滚一个铅桶或一段松木的工人，见到那情形时节，总以为很可发笑。在规矩上说，工人似乎幸福多了，因为一个工人不偷东西就不至于挨打，他只须在工作上不节制自己的气力，就很够了。至于兵士呢，气力倒似乎因为预备积蓄到将来，所以劳苦稍有限制，只是凡是军人应记清楚的规矩，却麻烦多了。一个兵士他先应当知这，无论如何上官是有理由可以随意执行一切处罚的特权，又同时应记清楚起居行动穿衣吃饭的规则。他又聪明不得，又蠢不得，他又不许有欲望，又应当想一切皆是为国家那种谎话。他应勇敢去杀别人，也应更勇敢的尽别人用枪刺拟在自己胸口上。不过在 ×× 处搬砖挖泥的工人，虽有少数时间对于军人的生活发笑，却有多数机会来羡慕那有希望的人物位置的。兵士不很懂工人为什么就能这样安分的活到世界上，工人却很懂兵士们生存的理由。只要看到过身穿新棉军服，在空坪中作跑步的兵士，工人皆知道这些年青人，为革命，或者为什么更好的意义，操三年五年，懂了许多规矩，会在车站上欢迎伟人时举枪行礼，会象老战马一样在任何情形中皆能维持屹然不动的精神，并且很懂到打仗时死了可以成为烈士，在将来纪念碑上镌刻得有名字，若不打死则能得三十二十的赏号，堂堂的整队伍开进新克服的城市去，受商民的供养欢迎，气运一来就成为世界上有身分的人物了。成了有身分人物，则穿衣吃饭皆很方便，不会常常挨打，不会挨饿，不会被罚在污泥中挖土，大热天也不会在太阳下流汗心烧害痧症死去了。一个今天作工明天也仍然作工，今天凭了竹签领取竭一日气力换来的三毛钱工薪，到明年也仿佛还只是在这样一个小数目活到世界上的工人，他羡慕穿灰衣军服的人也是当然的事了。

仿佛是因为“革命成功”，虽羡慕兵士也仍然只能作工的人实在太多了。这些全是近于世界上无用处的人，除了天生的牛马的气力以外，什么事也不能作。这些人既不明白教育学与代数，也不知道怎么样穿体面的衣服，说精粹的言语。更愚蠢的就是，穷到了这样子，只要有机会得到一个女人为妻，总还生产了五个六个的孩子。

节制生育的方法一点不去研究，又缺少卫生知识，不常常洗澡，身上任何时候皆有一种使人作呕的气味。儿女则瘦到象小猴子，一身的恶疮，一头的癞疥。我们每天看朝报，第八版的社会新闻一栏，总告诉我们一些抢劫，饿死，自尽，煤矿爆炸，谋杀，以及一切吓人听闻的恶浊黑暗消息，差不多完全都是这些脚色的排演。我们不拘在何处中国地方，总听到有一些小孩子或大人，因为无法得到饭吃就饿死在大路上，到后就自然腐烂或者为狗拖食。谁都愿意挥霍一整天气力来换取一点点米盐，但是工作全找不到；谁都不觉得死是必须的事，但结果总是很凄惨的死去。在目下的中国情形看来，所以××工程处的三百个工人，仍然算是在很幸福的情形中活下来了。

工程处常常有盗窃材料的事情发生。发现了，就把人捉来，吊在大水管旁，用鞭子抽打，使本人受苦，使其余人看见。虽然这样很残忍的处置到这些人，仍然还是不缺少新的事情发生，什么原因？因为“金钱”与他们离得很远，所以“道德”这东西，也同样与他们离得很远，就不得不做这些坏事。

在 ×× 工程处，如在别一个地方情形一样，机会若在工人中给了方便，说谎，盗窃，欺诈，那是常常会发生的。他们就是那样为上等人瞧不上眼，永远为一点小小数目，五个钱或十个钱，也有理由向天赌下分量沉重的咒。他们又常常在这一类价值的事情上，揪打到流血成仇。他们偷一百钱东西也愿意冒险，愿意得到那不相称的处罚。×× 方面虽常常有教会中人来说教，把这些人集合在一块，告他们天堂的门路如何敞开，毫无阻碍。只等候那心地洁白的人死后进去，也好象仍然没有一个人愿意得到这好机会。这些人，灵魂是不需要天堂的。他们都明白他们在生只合劳作同饥饿，无意中犯了法律，就被人牵去杀头，死后，就跌倒地狱里去让地狱的火焚烧自己。这是他们的本分。他们都知道本身永远是渣滓与灰尘，在灰尘，铁锈，霉臭中生存，也仍然应当在这些情形中倒下死去。他们都不想天堂，因为天堂的路太远。他们只能常常想无意中多得一角钱，或吃一杯酒，所有的欲望，全是很平常很卑陋的欲望。这有什么办法？教会的慷慨，拿出一百万或五百万，到中国来办教育，培养成就一些以教会为生活的混账东西就够了，为什么还一定要顾全到这些肮脏的下等人？正因为他们愚蠢，狡诈，贪小便宜，爱胡闹生事，活着住低小湫陋的房屋，做不道德的事情，死后一起皆应跌入地狱，也才见出天堂的光明与美丽，就专是为一些上等人所预备的灵魂的旅馆！

在那些简单的仅仅好象是人的一群东西头脑里，在工作上除了比较得出劳苦或轻松，感到爱憎以外，还会想到一些什么高尚作人的事情，是谁也不能够明白的。

尚有谁，需要明白这一群蠢头蠢脑的东西心上所起的暗影没有？这些人，是连自己也没有需要明白他们生到这世界上为了什么欲望，而又必需有一些所谓人类向上的欲望的。

在建筑处方面，兵士同工人缺少相熟的因缘。在生存意义上，兵士是较上一层的一种人，是虽为军阀所豢养兽畜的一类东西，而又不缺少因为方便也可以成为军阀的两栖分子，在这样情形下兵士是不会同一个工人做朋友的。但是，一个不意的机会，一件小小的事，终于把两个地狱里的年青人牵合在一处，成为一对要好的朋友了。这事是发生到上一月的一个夜里的事情。那时那个工人，正在河街的一个人家门前，被两个码头上吃饱饭的小坏蛋，用一种赌博的骗术把所有的一点点工钱输光，想脱下那一条缠腰青布作为最后的孤注，但两个小坏蛋用不着这样一条腰带，所以不愿意再玩一次。但那工人可急了，无论如何得再赌一次。两方面自然而然发生小小冲突了。输家口中骂出了野话，两人就一同揪到了那年青工人，滚到泥里去。这年青工人是一个生长在乡下的人物，对于两个骗子毫无惧怯，虽自己跌倒泥水中，同时压了一个骗子在他的身下。从赌博到殴打，这种种情形，是站在旁边一个兵士皆一一见到的。这兵士在另外一个时节，曾看到这工人在建筑处的泥沟里挖泥，极其勤快，这时又见到一个人在此同两个骗子扭打，勇敢非常，先还是同许多旁边人一个样子，取旁观态度，看看到底是不是能够得到胜利。到后看到一个骗子从制绳索的铺子里，摸出了一段檀木，正想从背后向那工人头上敲去，这兵士忽然感到不平了，蹿过去把那骗子的手扭住，对那骗子脸上就是一拳。三人的场上加上了一个兵士，不消说两个骗子不到一会儿就被擒到泥里去了。另外住河街的人，到这时，也就出来劝解了。结果是因为兵士的缘故，两个骗子除把所骗的七角钱同一些铜子退还外，还为两人作揖陪礼，才算了事。这年青工人得到了兵士帮助，占了上风，到后就把兵士邀到茶馆去，把所有的一点钱完全花到吃喝上面。工人的慷爽行为，使兵士感到痛快，两人之间坚固的不可摇撼的友谊于是成立了。从此以后他们就认识了，在一种生活所许可的方便中，两个青年人常常一同到河街去玩，且取了一般习惯，成为兄弟了。

茶馆中张老板同那军人商量那件暧昧交易时，那两个年青人，恰恰在相去不远的一个茶座上喝茶。听到谈了一阵，望到这两人已走远后，那工人才问那个 ×× 第十七连的二等兵。

“大哥，我不明白他们是说的是什么。”

“是盒子。”

“‘盒子’？”

“匣子。”

“什么‘匣子’‘盒子’？”

“是我那个东西，明白了么？”

“噢，我清楚了。我正疑心是‘膏子’，才值得那么多钱，想不到是‘盒子’。他们生意好象说妥了。他们说明天还要约到这里交货。”

“他妈狗养的，明天我们把他揹了揍了，可以得一笔钱用。”

“他有盒子你怎么揍他。”

“他是要卖盒子的，等他卖过后，我们两个人再去拦到他，不让他一个人得那么多钱。”

“大哥，当真的么？”工人认真了，但是这样问着，且仿佛已断定这是谎话，所以先就笑了。

兵士说，“只要你有胆量这事就当真。”

“他知道我们怎么办？”

“放翻了他，就知道我们，也让他到包丞相处算他妈的鬼账去。”

“我们到什么地方去等他？”

“仍然来这里，看他们怎么交易。”

“我们决定了！”

“决定了！这算什么鸡公大事？你怕么！”

“我——”这工人说不分明了，因为这是初次。因为他想起那些被吊在水管旁用大藤条打三百的工人的情形。

因为他记起别的事情。

这汉子是乡下人出身，是来到这工程处以后，每日拿三角钱工薪，按时做工头所分派的工作，按时从那湫陋木板屋中钻出，而又按时蹲到泥地中做事吃粗米饭的人物。一个最规矩的最合用的工人，一个“虽愚蠢却诚实”值得教会中派来的牧师用圣雅各名分哄骗永远这样做工的动物。要他这时来为一件新的欲望摇动，要他冒险，要他杀人，他不能随随便便这样答应的！

兵士因为他那身分，因为那中国兵士的特别身分，是并不把这件事当成怎样了不得行为的。平时规规矩矩，每天到大操坪操跑步，每天点名，每天被上司辱骂，使旁人看来，都以为这些蠢东西的心，一定是一种特别的质料捏成，永远是不会多事了的。但是，感谢那些伟人，常常把另一种教育给了这类当兵的人，他们常常使他们去为一个好名分打仗，有时也使他们为一个最不好的名分打仗，战争，就是那连年不息的战争，就是那每一个兵士皆有机会遇到的事情，把兵士们头脑完全变了。一个初到军队中去的人，是还不缺少怕鬼那种小孩子心情的，但稍久一点，这些人就不同了。他们都得在方便中做一点侥幸事情，都得任性，因为他们都得死！他们是用不着道德的，其他一切好名分也用不着。他们为三个月或一个月的薪水，去壕沟边用枪刺作武器，肉搏一次，他们又常常为五块钱的赏号，做一次同样的愚蠢行为。他们是都明白把自己生命，作一孤注去赌博，若是没有战争，那他们在另外机会上，就要做出与战争差不多的愚蠢事情来了。

这时这兵士，已经看懂了那工人的无用处，他笑了。

工人见到兵士笑他，有点不平了，他说，“我们去，我赌咒要去。我不把我这手扼断他的喉咙，我是婊子的儿子。”

两人是把事情已经约定了，就离了茶馆，回××，刚走到河街尽头，就听到××小山上吹点名号，兵士听到号音，知道一回去又得被排长辱骂了，就望望天空，骂了一声野话，与工人分了手，拔脚向山脚跑去。

工人独自一人回到那建筑处，从那守门的巡警面前过身时，也轻轻的骂了一句娘。

这汉子，在夜里，在那又臭又脏的住处，用一床旧棉絮包裹了全身睡觉时，就做梦，梦到与人打架，得了胜仗，从那被打的人抱兜里掏了七八块钱的角子，捏满了一手，就醒了。醒过后，爬起来走出房子，站在寒气逼人的月光下洒尿，望到小山上有一个哨兵的人影，来回的走。听到远处有鸡叫，仍然回到自己的住处，再想睡觉也不能够了。

三

一个新的白日，所照的还是旧的世界。肮脏的，发臭的，腐烂的，聚在一处还仍然没有变动。一切的绅士看不起的人，还是仍然活到世界上，用不着哀怜用不着料理。一切虚伪，仍然在绅士身上作一种装饰，极其体面耀目。一切愚蠢的人，还是在最小的一种金钱数目上出死力气抬扛以及伤亡死去。沉默的还是沉默。教会中讲经台上，还是那个穿道袍的牧师，靠到叫卖上帝，过着极其安舒的日子。

三百个工人仍然还是听到铜锣一响，就从那黑房里象狗一样陆续出来了，一群囚犯样子站到敞坪中，各人口中哈出厚而浓的白气，各人搓手搓脚，寒气逼得这些愚蠢汉子只有一个办法，这办法就是尽力去作工，使全身发热出汗。好聪明的天气！就是冷，也仍然是用冷来鞭打一切，对于另外一世界的阔人贵人，作一种讨好的帮助！

小工头站到栅栏处点名，按人数发给腰牌，用大而短，发沙而可厌的声音，喊那本日应上工的工人。这是一个头等长人，一个可以安置在游戏场作为敛钱的高子。这工头把腰牌递给一个工人以后，总免不了用一个批评家的眼光，检察了一下从身旁走过的工人手脚同腰部，还有那后臀，看看是不是显出了毛病。他这工作是必需的，就因为上面如查出了有一个不称职工人时，他的宽容将得到一种责罚。这汉子为了尽职，为了得洋人一句奖语，本是不适于认真的脾气，完全也变了。他一点不儿戏，不说笑话，脸上缺少笑容，严肃在那瘦脸上，有着奇特的作用，使人在他们面前开口不得。但是这样一个模型，这样一副愚忠的表情，大工头是以为这人一定因为家中太太不学好，所以使这个高大个儿忧愁到这样子的。

这工头今天仍然站在那老地方，仍然是把那件大羊皮褂子反穿着，一手捏了牌子一手塞在腰下裤带里，搔痒点名而且检验，工人们便鱼贯的从他身边走过。

“四十七！”

“六十四！”

“七十八！”

每喊一个号数，就有一个人从那人堆中挤过去，走到工头身边，取了那腰牌走去。每个工人皆显露出一种睡眠不足的样子。从东山头爬起的太阳，照及一切时，都象镀了一层淡红色与淡银色的东西，只是这些肮脏油腻的汉子们，那太阳，就只作成了他们一种方便，日光照到那些脏脸上，愈显得他们不是人了。在太阳下过细去看那些东西的脸，扁平而又无趣，或者狡狯多端，表示这狡猾就用一个鹰隼鼻。或颧骨高耸，耳朵外张如一个最不美观的蚌壳。或大麻子如花点，疏而不匀，来他一个满脸斑斓。或者是刀痕和疮疤，毫不为体面设想似的，在最露眼处现出。总而言之想从这三百人中找出一副端正一点的脸子也是很难的。这些人的生活，使这些人日向下贱的一层走去，工作疲倦与生活平凡，把他们变成又丑又笨。而且那心，那位置在绅士们一类人的腹腔中时，则成为智慧与艺术源泉的东西，一到了为这些人所有时，真是想不到的一个活动！他们想些什么？他们能够想些什么？他们就只想扯点谎，因为扯谎可以多得一点钱！他们想偷懒，因为天气太不相宜于工作时偷懒是最自然的事。他们还有的就是时时刻刻想偷一点轻便的材料，走到河街去卖几角钱，把这个钱花到河旁的小船上的大臀小脚妇女身上去。他们做梦也就只能做这些既不道德又复愚蠢的梦。他们的心除此以外，就是对这小工头检查时，做出一种作伪的驯善一件事了。这时，那小工头正喊到“八十三”那个数目，从人丛里跃出一个矮子，这矮子站在那入门处的木条做成的栅栏边，用两只手抓住了那木栅栏，仰面望到工头瘦脸，且因慑于威严，这小子就只避开了工头的眼光，注意到附在工头长颈上那个凸出的喉骨。

“八十三，你怎么四毛钱就卖了五磅碎钢头给河街上万源盛老板。”

这话把那矮子吓得更矮了，闭了一下眼睛，想用老方法来支持这局面了，就象一个扮小丑戏子，把手摇着说道：

“大爷，这是笑话！”说了他自己也勉强的笑，且对其他工人说，“这是大爷说的笑话。大爷一定晚上赢钱，就拿我们开心，他说钢，我不知道是什么钢，我昨天是挖了一整天泥巴，你们中间有人同我在一块的，快出来做一个见证！我昨晚上老早就睡了。我梦到过年，梦中喝了一台好酒，说了许多梦话，早上石三还笑我，石三可以做证人，看我这几天有钱喝酒没有。我是只能够在做梦时喝酒的人。”他就在人丛中搜索石三，没有发现石三了，且故意大声喊，“石三，石三，你来，帮我同大爷说明白，不然我又背冤枉。”

把话说过一大篇，这小子，以为话已经说够，照老例，只差赌咒一件事作了，就望了四围情形一下，最后才抬头望到那工头。他仍然望那得是凸出的喉头骨一部分。那么虽然极其硬朗却仍怯懦到极点的神气，在他自己是以为只要工头笑了一笑，就把那腰牌带上到工作处去的。但是好久没有命令，这小子有点慌张了，就怯怯的从喉骨再望上去一点，看工头脸色究竟是怎么样。

工头不做声。把腰牌一递，小子就想去接，但腰牌还是在工头手上捏着。

“你为什么常常到万源盛去？”

“什么常常呢？我的天大爷！我只到过那里一次，用四个铜元买了他一个旧火镰，大爷你看，就是这个东西”。他说着，一面就从裤腰边拉出那个火镰来，“他一定要我六个，我说这东西无论如何只值四个。我买了三天才买成，这就是‘常常’那意思！”

“我怕你不是买的。”

“不是买的他肯送我吗？我又不是舅子。我这样子不体面是不会唱旦角的。我凭什么能够得这个？”

“你一定顺手方便拿了一点别的东西去。你一定这样把火镰换来。我们这里这几天来又丢失了许多零零碎碎东西，我想只有你这个人欢喜做点这类事情。你偷东西的本事实在比你挖泥巴能干而且勇敢，告我昨天拿了些什么东西？”

“我赌咒，若是昨天偷过东西，我是河边的犀牛 × 出来的。”

“犀牛是养不出你的”，工头把那腰牌塞到矮子手中去，“矮子，进去罢，你小心不要犯到我手里就是。”

这矮子把话对付过去，居然又走进工程处去了，离了工头约有十五丈，就伸了一下舌头，自言自语说道：

“老子偷你的木头你说钢，两块钱你说四毛，我赌一千个咒也不怕你！”

后面跟来了一个工人，冷不防就把他衣领揪着了，不让他有掉头机会，就把他想往回带走。这矮子吓了一跳，但从手法上，他知道这是朋友闹的玩笑，因为那不可知的人物把他眼睛蒙了，他就说，“石三，是你，是你！我晓得是你！你这杂种，你为什么不在我喊你那时候出面帮我说一句话？你这杂种！”

那年青人把矮子放了，推了一掌，让矮子打了一个前撺，就说，“你这贼，你要我走出来做证人，我就得告你怎么偷木料到毛婆那里睡觉的事情。”

“你告，我也得告他们，说你以前做那件事。”

“你这老狗 × 的，你敢说一个字，我就用红薯塞你的嘴巴。”

“只有刘三姐的嘴巴要你塞才快活的。石三，我问你，这几天真到船上没有？”

“婊子没有钱她理你？”

“我们今夜去，早一点去，我有钱。”

“老强盗，你还赌咒！你钱从什么地方来的？”

“难道我家里没有钱么？”

“你家里有人做婊子卖东西，才会有钱。”

两人一面说一面到了水沟边，矮子见到水沟里有一个纸烟盒子，在水面飘荡，就很勇敢的捡起石子来击打那烟盒。随后那名字叫做石三的也蹲到地下去拾小石头做这件事情来了。两个人打了半天，总算把那烟盒打沉了。这两个人的年纪合拢来是五十七，矮子年纪三十三，石三年纪二十四，两人还是这样天真，把这个事当成一个最愉快的消遣。把烟盒打沉，第三次锣一响，两人分了手各走到工作处去做三毛钱一天的工去了。

矮子所做的工作是常常变换的。有时被派挖泥，有时又被派到河边去扛铁条，有时在拌水泥石子车前面照料倒石子，有时又爬到云中去料理汽槌。本来这里工程处，是有些工作皆人数分配有了定数的。做了这样就不能作那样。但是这个又聪明又狡猾的东西，仿佛是因为他那侏儒身段，以及同任何人也有话说的习惯，所以从这里掉到那里的事就特别比其他工人为多了。他是常常因为偷东西挨打，却又永远不为工头所开除的。这工程处最先开工的那日，他就到了这里，他是洋人认识的一个工人，所以工头就不敢同洋人说一定非开除这人不可了。他今天被派到下河去用排车拖一些美国松木，这是一种从外国海船运来到上海后，又由驳船运到此地小河的一种建筑材料。这些木料皆堆到了空坪中成为无数小塔，可是从 ×× 来的驳船，还是一船一船的继续运来。木料到了地，这些工人就把木料搬到大排车上，拖到工程处卸下，又返到河边作第二次搬运。当长的橙色的或黄而起细碎花纹的木料，二十根或三十根搁到排车上，七个人前前后后的把车推着挽着从河街方面过身时，车轮轧轧作出一种刺耳的声音，河街上有小孩见到，总大声的喊那些工人，用一种不体面的称呼，不是说“看马拉车子”，就是说“看推车子的牛”。在工人方面，则照例在这些地方见到小孩子，总骂一句“野种”，作为出气的一种手段。在河街地方骂小孩子丑话是决不会错的，这些小孩子，要问那些做母亲的孩子的来源，要明白那父亲的生活同所在地方，真不是一件容易事情！

小孩子们被骂了，虽然有些不平，有些对于这辱骂的不平作一种表示，或抓一把烂泥，远远的抛去，或跟到这些工人身后，唱一种用淫秽字句组成的小曲，或者同样的把野话还给工人。但这些事全是这样自然，全是值不得家长们干涉，一面在小平屋里或河船上做着什么事情的母亲们，一到了夜里，是仍然还得这些拉木排车的汉子们供给少数的银钱同多数的精力。不问小孩子怎样在大街上胡闹，不问这相互的辱骂到什么不体面事上去，她们纵听到时也是不来过问的。她们在这些上面用不着小气，她们所做的许多事，比小孩子们骂到的丑话还希奇古怪。这些“战士”，这些人间的母亲，她们把孩子生下，是并不为某一种权利，所以孩子们活到这世界上以后，她们当然也缺少什么义务会教育孩子，使孩子们象一个小孩子本分的过着日子！小孩子缺少知识，所以还同这些工人对骂，到长大一点以后，他们不是工人就是乌龟，再也不会觉得有什么奇怪了。

排车从河街过身，一车又一车的木料，使河街上人皆发生一种厌恶。这厌恶是夹杂在一种奇特情绪里面长成，要谁来说也是说不分明的。大家皆知道工程处要花一千万或五百万的银钱，筑建房子来办学校，大家皆明白这里多了一个学校以后地方的兴旺。目前的，人人所看到的，人人所知道清清楚楚的，是自从工程处一开始动工以后，一千个大汉子从各处运来，除了来船不算，每人值三毛钱，每一天在河街方面就多有了三百块钱的活动。因为三百块钱的加入，河街那座茶馆热闹多了，理发馆那两个身穿白衣从 × 埠来的剃头师傅，也能安心吃饭做工，尽那为社会分工制度所分派下来的一种生活义务了，许多下等卖淫妇人，也能从一种方便中更泰然的活下来了。还有那小生意人，还有为那些船上生手拉皮条，靠那每回四个铜子的佣金的码头上人物，也正有许多许多是在那三百块钱一个意义下而活着的。三百块钱在这地方真是一个吓人的数目，这是一注财产，一样不可侮的势力，除了那一千工人得依赖这点东西，才能继续把生命中力气留在未来的日子上工作外，还有两千个人的生趣，也附粘到这一笔钱上。但是，有一种厌恶，有一种蕴蓄在每一个人心上每一个血里的憎恨，是自从这小小的市面上多了三百块钱，把他们原有的生活完全毁了。他们原本是向地狱那个方向走去的，现在把脚步也放快了。他们中间堕落的更其堕落，懒惰的也越发懒惰了。坏的更坏，无耻的更极无耻，他们于是有理由对那为金钱与血汗所合成的未来的教会建筑，共通怀了一个不可解释的憎恨。

同那个八十三号在拉木料车的，一共是七个工人，这七个人中，就有那个在昨晚上同兵士甲所商量过一种事情的年青人在场。这汉子一句话不说，当木料堆足到排车上时，吆喝了一声，就依规矩扶着木料，在车后用力推着走过河街，走进工程处，把木料卸下，又来第二次。他默默的想到晚上的崭新事情。他不常同人打架，但他觉得若果有非打不可的情形时，胆量是并不缺少的。他把抢劫这件事也就当成打架一类行为看待，他可以赌咒，对于敌方的气力是不屈服的，他不怕谁，也不怕犯法，他只是不明白那人究竟怎么样出手，怎么样对付要打倒他的两个贼。他为了要明白这件事情，为了要靠到自己的想象，在没有动手以前，先把这一场胡闹想出，并且就同时可以作一种顺手的于己有利的预备，他就在搬木料时想这件事情，在推木料车过河街时，也只是想到这一件事情。河街上小孩子喊他做傻瓜，这傻瓜，他似乎没有听到孩子们揶揄。他比同伴更卖出气力到职务上，一点不节制自己的精力。他两只手因此在一次小小疏忽的情形下，被木料轧着了，左手掌轧出了血，这汉子，只轻轻的骂了一句娘，把手掌放在腿上擦，血全擦到那肮脏的破烂的蓝青布上面，成了一片黑色，到后走到干土处时，就抓了一把泥土，敷到那手掌上面。他用他一只右手做事，还是一样的出力，一样的称职，同伴们都望到这手掌好笑。

那矮子，神气怪好笑，一双骨碌碌小眼睛，注意到他同伴的伤手，说出话来。

“乡下的哥，你那手有喜事。它披红挂彩，这兆头是使你今晚上有一杯酒喝。”

他懂得这话所含的嘲笑意义。那是同伴在取笑他，值不得生气。他常常被人喊为从乡下来的人，照例喊他们的人，却是自以为与乡下离隔远了的。在那名分下，就有一些义务，譬如做事耐劳，待朋友诚实，不会赌博，不偷东西，这一类行为。凡是这些自然是应当为其他工人取笑的，因为这里面包含得意义只是“吃亏”。为什么要吃亏呢？到这些地方，做这些工作，对谁也用不着吃亏！稍稍做久了点工的人，是谁也知道应用怠惰，狡狯，横蛮，以及许多无赖行为，才能使自己生活比目下一切更方便适宜的。所有工人都得学会在方便中偷盗，所有工人皆应当明白赌博中的骗局，以及有时候放出一个凶顽的样子来欺侮同辈。你再忠实尽力，再规矩作工，每天还是三角。你再诚实待人，遇到赌博时你的同伴还是把你的钱想方设法骗去。你老实，大家就欺侮你，或者把最笨最吃力的事尽你一个人去作，他们都抱了两手坐在一旁晒太阳。凡是不很懂做人的恶德的工人，有一个普遍名称，就是“乡下的哥”。

这时这个乡下工人听到矮子在和他打趣，他望到这矮子笑。他想得是别的事情，不是矮子所懂的，他为了这隐秘，为了这称呼的不实在，毫无恶意的承受了矮子的嘲弄。

矮子见到乡下人在对他笑，他更得意了。

“哥，你那手真可惜，就只糟蹋到这些小事上头！你打过老虎么？你捉过野猪么？你在乡下，会爬树么？你在什么时候也把你那一双臂膊，抱过妇人的腰么？”

他们那个车子正从一个小屋边过去，屋里正有二十个或三十个人在赌博，从外面过身的人皆能听得他里面的铜钱角子铿锵声音，且听到一个人嘶声的喊着点数，这车子在屋前不由得不稍稍慢了一点。

矮子是在这个地方，把所有做工来的钱和偷来的钱，完全输到这里了的。每次来到这里总是空手，每次总是坏运气在身。这时捞本是做不到的事，他没有空时间，也没有多钱，他就细心的倾听里面嘶嗓子所报出的点数，猜想下一次一定是天门的顺利。果不出所料，即刻就又听到喊赔天门的声音，他就跺脚，把在他身旁的“乡下的哥”打了一掌。

“若是我有一块钱，闭一下眼睛就是两块——× 祖宗的运气！”

另一个也是时常赌牌九而又尽是输光的工人，就说，“矮子，你是只有口的。你的一张口会说空话，还敌不过黄四嫂子的一张歪 ×。”

矮子估计了一下取笑他的那个人，他不说话了。他把舌头舔了一下口角，仍然用力推车走路，一面想，想了一会，才找出一句俏皮的回答。他说：

“你好能干！”

那人象是不听到这句话，只把手扶到木料尽头，身体向前倾，因为这时那车子正从一个土坎上过去，前面四个人皆努力拖着，有两个还把身体弯成弓形，一面用力一面吆喝不止。

乡下人因为是在上坡，所以顾不得手上的伤，那左手又搭上木料上去了。手掌的泥土皆已为新血染湿，那血还同时染污了木料，当矮子工人注意到了这个时，就又忍不住要说一两句话。他仍然大声的喊“乡下的哥”，他要他用一点气力，要他勇敢一点，把肩扛着木梢，向前迈步。同时，他又要乡下人小心一点切莫把血涂脏木料，因为这木料是做礼堂屋顶的。

“哥，小心你那一只手上的红水！木头同铁是不吃血的，他没有口。这些东西随时随处都会咬我们一下，把你咬流血或者断手断脚，但是她咬我们可不吃我们。它们还得爬到屋顶上去。它们是外国来的，它们是看不起你的。你不要把那一只手挨它，你把肩膊扛它，用一点力，车就上前了。”

把木料卸到工程处一个指定地点后，把手被木头轧伤了的那个工人，倚在排车边旁，用一块布条包了一些丝烟处治那个伤手。听到山上营房里吹号，听到排队，知道那里军队是要到山下来操练了，就想站到原处，看看那个朋友。等了一会，却不见排队下来，于是只好又随了同伴拉了空车，到河边搬那未尽的木料去了。

在把手轧伤后还拉了四次木料，天气才渐渐夜下来。放工以后，缴了腰牌，这被人称为乡下来的汉子，就赶忙走到同兵士所约定的地方等候他义兄。在那地方两人见到了，兵士见到了那一只受伤的手，就有点奇怪，仿佛是兆头不好，神气稍稍有点不高兴的说，

“怎么手轧伤了？”

“是那木头。”

“要不要紧？”

“……”工人不好意思说话了，因为从义兄脸上颜色看出对于这不凑巧的灾难有点扫兴，自己心上生了惭愧，不能告诉是流过很多的血了，就想谎一下兵士，又因为不善于说谎，所以就无话可说了。

兵士就说，“我们真是三只手了，就是三只手也要干。你去吃饭，他们打锣了，吃了饭就同我到前河坝聚齐，我们到茶馆去等他们。”

工人还是一句话不说，拔脚向住处跑了。兵士就站到那巨大的柏油桶上，望到向吃饭地方奔去的工人的背影，太阳正在下降，日头落处只剩下一片怕人的血红。

四

两人仍然在茶馆的一个角落处坐下，喝四个铜子一壶的粗叶香片茶。茶馆中电灯已明，茶馆中人也越来越多了。可是各处皆坐了喝茶的人，却总还不见昨天那汉子。机警一点的兵士，又走出去各处看了一会，又望了望对面那铺子，也没有得到结果，就只好又回到座上来等候。

从大约六点半钟左右等起，一直到八点，还没有昨天那汉子影子。工人把他那只受伤发烧的左手搁到桌上，一句话不说，耳朵听到吊楼下船上妇人小喉咙唱妹想郎的曲子。兵士则很不安定，很悔做错了事，早晓得不会到这里来，则以为不如到河街上去等候，或者还容易碰头。他因为疑心那两人这时说不定已经就在河街上一个烟馆里交货交钱，说不定那得了钱的汉子就正从烟馆跑下河去，拿所得的钱睡女人过夜，心里觉得发燥了，他就提议两人到外面走走，不要死候到这地方为是。他告给工人，说他们或者已受了骗，因为昨晚上那个时候，酱脸胖子就注意到了四旁的人，为免不了隔墙有耳，为小心起见，或者白天两人就又约定了另外一个地方接洽去了。

两人于是离开了茶馆，但刚一出门，就见到那退伍军人模样的汉子同酱脸大块头并肩走来了，两人又赶忙回到茶馆里旧座位上去。不到一会那两人果坐到昨天那角落座旁喝茶了，这两人同那两人的距离只隔了一张放碗盏的桌子同一根撑柱，所以兵士把脸背了那两个谈生意的人，装成喝茶的样子，静静的听他们所商量的事情。

事情是完全失败了，那汉子说东西拿不出来，得改天谈，本来是也并没有当真交钱的酱脸胖子，还似乎借故的生了一点气，以为那退伍兵不应当脱虚误事，两人就为了这个事在那里轻轻的吵着，到后是胖子生气要走、退伍兵仍然把他拉下，话说得更轻了。

人来了还是毫无结果，两人都感到扫兴，兵士还忍耐的在那里坐着不动，那伤手工人，觉得左手发炎作疼，不高兴再痴坐到这桌旁做蠢事了。他要走。

兵士也一把拉着了他，“你忙什么？什么妇人在床上等候你？”

工人生气了，“鬼等我！我到这里做什么？我这只手痛得要命，我要回去睡觉，不耐烦做这蠢事了。”

“慢一会儿不行么？”

本来是没有什么不行的，但这时那兵士，不待到朋友的思索，就又说了一句使工人生气的话。他问他愿不愿意到船上去玩玩，看看那地方的大脚妇人。他记起了日里那矮小工人的嘲弄，没有再回答的必要，怀了说不分明的忿怒，离开茶馆，自己走了。他当真是预备回到住处去睡觉的。从河街走去，听到临河什么地方妇人唱曲子声音。出了河街，得走一点石堤，过了石堤，转一个弯，就到了白日里排车过身时有人赌钱那小房子。走到小房子前过身时，听到里面许多人在赌钱，引起了一种欲望，就摸了一下裤腰。身边是一个钱也没有的，但当时触手的是一个硬朗而又发沉的东西，就是一把小小铁锤，一把从工程处取来藏在身边，预备在今晚上抢劫的武器，现在是没有用处的东西了。因为这铁锤梗在腰边，从铁锤想到在日里所作的一切好梦，这小子心中重新又起了一种不平，他不愿意这样回到住处躲到那脏地方过夜了。他仿佛今夜非要生一点事情不可，他得想方设法同谁去打一架或喝一杯酒不行，所以即刻就回了向原来的路上走去。

他预备仍然回到茶馆去，找那个兵士借两角钱，到了茶馆，那个义兄已不知道什么时候走了，就是那另外两个人也不见了。一个奇拔的思想钻入这汉子的简单而又有趣的头脑中，他忽然觉得前途一定有了变化，一种日里预期的事情仍然是在进行，他以为必定是在他离开茶馆以后，那两人所谈的话已为兵士所听到，两人一走，所以兵士也就跟到走了。

为了这个思想的缘故，这乡下的哥从茶馆出发，又取了一个与回去的方向相反的地方走去。他想要在中途碰到兵士，只有到下堤去一路可走，因为若非三个人皆从吊脚楼甬道上了船，则无论如何在下堤一带可以见到兵士。他一面还是打算到两角钱得到手后如何处置到牌九上一个问题，一面走出那河街。下堤那方面也有一条小街，先一时并且很出过名，因为当风，沙浅，所以那地方泊船较少。但 ×× 市的下等烟馆出名的还是下堤烟馆，初来的人问路，也只知道有下堤这个名称。这是一个曾经有一个时节比河街还热闹一步的地方，到后因为河身沙洲上涨，街上又遭了两次火，所以就衰败了。

下堤去河街约有一里路样子，因为河身转了弯成弓形，若是沿河走，道路较远，较荒凉，想走捷路的人皆从另外一条路走去。但若有一个把散步当消遣的人，他是愿意让自己的脚从沿江那一条路上走去，绕那黄土岸嘴慢慢的走的。因为那嘴上有树木，在那堤上看河上风景，白天则有一只一只小乌篷船过身，船上常常坐得有新娘子，晚上则可以看到水面的红灯，天气一夜，虽小河如何肮脏，也仿佛有一种江上风味。不过住到这里的人，实在是没有一个人懂到享受，他们都去忙到做工，都去忙到吃饭吵骂。所以这一条路，在薄暮的时候，除去了间或有几个住在市里的年青学生，到河街来观光，留到这河岸欣赏落日，其他就只是一二个住到 ×× 市里，往来工程师处传教的洋牧师的影子了。

这工人这时所选择的路却是沿河的一条。天气有理由让他在这些时候做一种遐想。他正想到在那里会遇到那个卖枪的汉子，或者另外一个人，手上或腰兜里有得是银元赤金戒子，就利用了那一只完全的手，把身上所藏的小铁锤一扬，在脑部或什么方便地方一下：于是就得了一些意外的财喜。他这思想是在他平常日子没有的思想，全是一种方便，一种意外的巧合，假若有这方便，有这巧合，他是不再拒绝它的。昨天被义兄一怂恿，今天又被那矮子一奚落，这乡下人此时就只想到作一件坏事来了。

他慢慢的走到了那有两株先一些日子还有红叶子缀在枝上的不知名树木下面，他在那里呆了一忽。正在这个时候，从那一方来了一个人。天气已经黑了，又没有星子，明天一定不会有好天气。他听到一个人的脚步，看见一个修长的轮廓，他明白了来的人不是他所要等候的人了。这是一个靠卖圣雅各的牧师，一个到中国来引度人到天堂去的上品美利坚人，在本国时那脑袋里装满了知识，来到中国后，又在那空地方装满了虚伪的数不清楚的诡计。这个人是因为 ×× 的工程处兴工以后，由 ×× 会派来驻在 ×× 教堂里面，专来在工程处传教的。这时有学问的人正从一个隐秘地方喝了一肚子烧酒，走出来发散，无意中遇到这样一个冤家。

从那脚步的速度上，来人已经被树下的那一位估计分明了。他想避开这牧师，就站到那树下，屏息着呼吸，尽牧师从自己身边走过，但希望不要为牧师见到，省得许多麻烦。但那位牧师一听到前面有小小声音，就和和气气的用中国话喊叫：

“是哪一位？是哪一位？这个时候到这里做什事？”

他走到了那工人身边，且忽然把工人的肩膀拉着了。“你是工程处的人，我认识你，你在这里做什么事情？”

“我等一个人，”这汉子一面很不高兴回答了牧师，一面把肩膊摆着，不愿意牧师那只手搁到自己肩上。

“你等谁？你不应当有仇人，在黑暗里等仇人，是不行的，若是朋友，你一定是等候他去同你喝酒。”这好人平常为圣经所醉，现在一喝了酒，只想感化人，不想到要感化的是谁，就想拉了工人往工程处走，“回家去，好好的睡觉，明天好早早起来做工，你这孩子要听我的话才能做一个好人。”

“怎么？鬼打你？”

“上帝在我们面前，经上说骂人是不对的，你样子是喝醉了，我一定要送你转去。”

“不要抓我！”

但牧师总以为对面的人已经是喝醉酒了一个人，他明白他的责任，他要按照经上说的规矩，把醉人送回住处去，所以抓不着肩膊，另一只手把那工人的衣角又拉着了。工人想挣脱走去，用了力想跑脱身，牧师另一只手伸出时，触着那武器了。

“你这人是做什么事情我知道了，你要打你的仇人，带了凶器，等在这里。你一定是常常吃酒，才会做这样事情。你不跟我回去，明天一查出来就革了你。”

牧师一面唠唠叨叨的说着，一面就想去检察那汉子裤腰上所有的硬朗东西是一种什么器械，忍耐到不能忍耐的工人，同到这醉人揪在一块，想脱身总是办不到，到后那只受伤的左手一把又为牧师抓着了，心上冒了火，把铁锤从腰间取出，就在那大而圆整的脑袋上，象敲一颗钉子一样，用力气打了三下，那牧师，软软的，仿佛需要睡眠样子，全身向前扑，工人略把身体一闪，这上帝的掮客，就趴伏到地下了。

那汉子，钉锤还握到手里，用脚踢了伏在脚边的牧师一下，毫无动静，这人即刻蹲身下去，用手摸牧师的头部，得了一手湿东西。他明白事情已经不可收拾，站起身来把铁锤奋力向河中掷去，只听到卜咚的一声，沉下水底了，自己就飞奔的向前面跑去。跑了一会，望到了下堤灯火，忽然又觉得这事不是一跑了事，就又向回路上奔去，到了那原来的地方，摸到那牧师尸首还静静的伏在地下不动，就拖着牧师一只脚，从较低处把那尸身用力一掀，于是第二次又听到咚的响了一下，牧师已经水葬了。

他做完了这件事后胡胡涂涂又向河街奔去，到了河街，还见到那茶馆有许多人进出。他觉得很不安宁，头脑混乱，左手疼痛，到后仍然回到住处，到那肮脏发臭的低小湫陋板屋里睡了。

他对于自己所做的事情一点也不明白，到了第二天，还是仍然听到锣响，就从那板屋里爬出来，听到工头喊叫号数，又仍然大声的答应，捏了腰牌走去。

他自信所做的事绝对不会有人疑心，所以第二天他仍然做工，仍然被派到同矮小工人一起下河，拉那永远拉不尽的木料，只沉默的做事，那这矮子，因为方便的缘故，也仍然在方便中用各样话嘲弄到这“乡下人”。

五

第一天事情过去了，到了夜晚，兵士来邀那个工人。两人选到一堆大铁管子上坐下了。

“昨天我到河船上打了一架。”

听到说打架，工人身上发抖，问兵士，“你同谁？”

“同一个女人。同一匹水牛。我们那个事既然作不成，你手又痛，什么也不能干，我当然只好到船上去睡觉。”

“我不能干什么？……”

“你只有……”另外一些意思，那个兵士咽着了。

“我——是的是的，我一点不中用。我问你，昨天我回头到茶馆找你，怎么就不见你了？那码子也即刻不见了，我以为你是跟到他们走的。”

“我 × 他三代，他们注意到我们！他们拿那个到沙嘴子去办交涉，我们怎么能跟到去。我从船上面到营里，过了钟点，罚了三十分钟立正。你是早睡了。”

工人干笑，说不出话来。兵士很不平，因为好象兵士无理由这样笑。

“你做梦。”

“我做梦怕人得很。我……”

“见你的鬼！我问你，今晚上同我到船上去，好不好？”

“我没有钱。”

“要钱么？你同我去还要钱，蠢死人。”

“无钱老婊子理你？”

“我引你去看我的水牛。吓坏你。有一身白肉，一个圆脸，一个宽……”

“一定？”

“一定。”

“我仍然在这里等你。”

“你不要到别处去。”

……

同伴两个人走到河边，爬到一个小船的舱里去，在摆有鸦片烟灯的低低木床边沿，坐得是一个肥硕健壮的辰溪女人。

“苗子，你带你的同伴来了。”

“带来让你看，就是我说的老弟。是初出山的老虎，因为陌生，他一切都怕。”

女人不信，白眼摇头，“老弟？老哥，大五岁，是不是？那样子不知道有几个妇人同他好过，怕什么？说鬼话！”

工人害臊了，不好意思脸红了。女人见到，明白话一试验就试验出来了，拍手大笑。

“苗子不说假话，你瞧，我只一下，脸庞就红了。原是十八岁后生家，十八岁闺女，在人面前红脸，小雏儿，只能算一只有老虎样子的猫。”

兵士望到工人做一个怪脸嘴，要他放肆一点，坐到妇人腿上去，工人只呆呆的坐在一边，邻船上有人用浇筒舀河水，咚的一声，工人听到心里一惊，想出去看看，就到舱外去望河水。

河上白茫茫一片薄雾。一些远近船上的灯，大小如星子，闪烁于水面，情调一切象昨日。

在外舱的工人听到里面兵士纵声的笑，以及女人小声的唱歌，心上有一件东西想摆脱可做不到。他到后又仍然躬身进到舱里去了，到了舱里时女人递了一枝烟，不知道擦自来火。

女人同兵士说，“你这个老弟象犯了案的人。”

兵士把话夸张的回答了，“就是昨晚上，做了事情，你瞧那手，还带了伤。”

工人懂到这是个笑话。工人估计到兵士说谎的口，有那么一拳打去的意思，但是，听到末了，听到兵士又说到这案子是为女人而起，工人不自然的而又悍暴的笑了。

第二次被兵士嗾使接近妇人的他，毫不思索的把那只健全的做工的手，抓着妇人的裸露的膀子了。在这样新的把握下，妇人用着本能的知识，懂到这男子对于她已经燃烧一种情欲的火焰，那力量，那含有暴乱的不能节制的原始人野性，已经从最深的一处暴露了，这妇人于是便用了好奇的心情，瞅着工人。她这样作是使工人苦恼的。她要虐待这男子，使男子不能在今晚上离开，要在她身上尽一些属于男子汉应尽的义务。

兵士躺在一旁烧烟，慢慢的滚烟泡，仿佛一点不注意到他们。把烟烧好，喊妇人吃烟，妇人摇头。

“你想吃别的，我懂。”

“什么别的？你冤枉人我要生气的。”

“你欢喜生气也好，听人说观音菩萨生气才美。”

“什么观音如来佛，你的口除了吃东西就得说混话，要喝酒不喝？喝我就叫船来。”

这时河面正驶过一只小船，船上卖猪蹄，卖烟，卖酒。把船满河划去，一个人曳长了声音喊叫出各样名字，有人叫唤时就将船泊拢来，从船里递出红烧的热的猪蹄同烫好的白酒。

工人听到这个喊声，记起身上的钱的数目了。他知道这不能赊账，恐怕兵士答应了妇人却拿钱不出，赶忙接应说才吃过饭不久，还打嗝。

妇人似乎懂这个意思，因为许多人喝一杯酒或者本来说是打噎的也好了，今天应当轮到自己做东了，自己就爬出去掀篷，尖声的叫把船泊过来，问有什么菜下酒。那只小船到后系定了，妇人跳到那船上去了。

“我们回去，慢了又要挨打。”

“你怕打么？”

“我要转去，我留到这里有什么用处？”

“有用，你不看别人为你买酒去了么？”

“为我？”

“不是为你是为哪个？”

“我知道她为哪一个！？我要先回去了。”

兵士轻轻的说道：“呆子，你回去做什么？到这里住一夜试试，你可以明白许多事情。”

工人不再作声了，害着羞，想象这句话那些为自己所不分明的意思，他这时，记起昨晚上的事情来了。记起那个牧师的样子，记起那一钉锤，同到结果的种种，再上溯又记起拉木料车时同伴所说的一切话语。他记得事情太多，有点不安了。

他从兵士身边挨过去，要上岸。

“怎么样？”

“我要回去。”

“慢一点，喝一杯酒！”

“我不喝酒。”

“为什么？”

“我不喝酒。”

两人正争持着，听到妇人在那小船上喊人，问要多少酒。

兵士说，“弟兄要走。”

妇人以为是笑话，就仍然当笑话答应，说，“既然要走，就请便，让他上岸去，我们喝个醉。”

工人听到这个话。推开船头篾篷，跳上岸，从甬道上飞奔走去了。

妇人听到声音了，从小船上喊，“不要走！不要走！”到后回到自己船上，看到兵士，就骂兵士为什么放走了他，兵士干笑，因为他看出妇人的野心了，他笑妇人贪心不足。

兵士是愿意把工人打发走后作些别的事情的。

六

因为 ×× 市去 ×× 地方只是四个小时，照例牧师来往两处是极平常的事情，所以牧师失踪的第二天，毫不为教会致疑，到第四天 × 牧师的尸骸被人在河口发现时，这谋杀事件才露出传遍了 × 市。但这件事究竟为什么缘故而起，没有一个人能明白的。因为在牧师身上，发现一个金十字架同一个钱包，所有东西完全没有失去，所以这谋杀方向就转到抢劫以外的意义上去了。既不是抢劫，那末只有复仇了。但什么人会同牧师结仇？中国的官同教会，皆不大好意思疑心到工人同河街上一切市民的，因为他们知道这些人是不会同一个美国牧师有仇怨的。

× 市出了这样大事，照例是管理 × 市行政长官悬赏缉凶，照例领事馆就拍了电报回本国去，照例就有从 ×× 来的新闻记者，由各方面探听了一些消息，夸张的毫不落实的写了一篇通信放到次日的报上，用次号字刊登出来，而且这新闻，一个月后所有在中国各地方的传教师，就皆从中外新闻纸上知道在 ×× 发生这样一件不幸事情了。

有一点事还可以记述，就是驻 ×× 山上的军队，为了这个缘故，被调防到另一个地方去了。这算是最严重的适当的处置，因为军队驻到这里，却不能使一个喝酒的牧师不为一个工人无意中用铁锤打死。

但是自从那件事情发生后，有了两个月，官厅同教会还是察不出那死者的理由。这里就轮到一个故事的布置了，按照了一个时代的风气，按照了一种最通常的执政者无耻的习惯，就是由中国官厅藉口说是“共产党有意破坏中美邦交”所行的一种手段，请求美国外交官谅解，领事方面则在承认这假定是一个最有益于中美邦交的估计以外，也照例请求中国赔一点款，且在换文里声明把这笔钱捐到××将来的大学里面去，作为纪念这为敦睦中美邦交而死去的牧师。中国官厅凡是这类事自无有不答应的道理，款项数目何况又不多，息事宁人，派交涉员来去商量了几次，双方很爽利的就把这件事结束了。

那个乡下来的人还是依然做他三毛钱一天的粗工，先是还常常做梦，梦到那三铁锤前后的事情，还不忘记那个软软的身体倒下去的情形，以及拖着那只又体面又长大的皮靴时，想同样也得到那么一双皮靴的一种感觉。但是，这些事是不适宜于保留到这种人记忆里很久的，正如这样人不适宜于为一种不合事实的欲望所苦恼一样，人们的心是十分健康的，缺少病态的，所以他能够把自己处置到新的生活上面，不必记那些无意中作成的错事。他对于这事也不骄傲，也不惭愧，久而久之这件事他就忘记了。

到第二年四月，教会方面为那牧师在工程处选地建筑一座纪念亭时，派十个人挖地基平土，那乡下的人也有分，因为特别勤快做工，得了一点奖赏，他拿这个钱就到当日同兵士所到过的船上去，同那个肥臀大脚女人住了一夜，他才明白兵士说“水牛”那字言所代表的意义。

这家伙任何人见到都觉得是一个好工人，因为年青，有力，不懒惰。

一九二九年作

道德与智慧

冬天的早晨，许多人还都在梦里，肆无所忌的占有一切掠夺一切，满足他们日里无从满足的贪欲。那时节武昌城里各个人家的屋脊上全是白烟。黑黑的瓦，疏密不等，图案画一样，极不规矩的显出各种长方或正方的平面，从那些人家院落天井缺口处，从较低墙垣的那一面，还矗起了树木的枝桠，这些树枝在烟里雾里，便俨然如一个人，窥探天气似的伏在那里不动。

这种好天气的来临，蹲据在屋瓦角隙的小雀儿，仿佛皆能知道。大好天气的早晨，照例总特别寒冷，赶路的，送货物的，抬棺木出殡的，点缀到每一条寂寞的街。这些人口鼻喷出白烟。凡是肩上不空闲的，低低喘着唱着在街心走去。走空路的，则莫不缩着肩儿，抵拒着寒冷，挨到墙边趑趄的走着，人人各有一种不同的调子，但总的说来却有一种调和。

这时武昌城中心卖马厂的大荒坪里，有二十多条野狗，又饿又冷，无事可作，正在那里互相追逐扑咬。本来狗这种东西，从乡下一到了城里，多半就和气异常，再不随便向人咬吠了。但是这个时节，这些东西脾气也非常坏了。这些无家可归的流氓，找不到一个相当的主人，失去了用谄媚来换豢养的机会，就在那无人处作战，用战争娱乐到自己，兴奋到自己。这战争，继续了许久，却没有一个闲人注意到这件事。但是恰恰那个当儿，在街东，一个小饭馆里打杂的油脸脏身小鬼，晚上做了希奇的梦，老早从脏被窝里爬起来，站在荒坪的一角撒尿，把尿撒完时，一眼看到了那些狗，使他生了气，蹲身拾起了一个小石头，奋力向狗身上掷去。这些狗望望对方，见到是那么一个不起眼的脏小子，就汪汪的吠着，于是这小子第二次又拾起了一个较大石头，抛到狗群里去。但当他记起了自己这一天要做的许多事情，以及落在本身上的许多灾难时，便觉得有点无聊，有点寂寞，没有兴致再去向野狗挑战了。这小子，不久就仍然走回馆子下铺板门去了。

在街南，一个陈旧的有壮观的门楼的私人某家祠堂里，大戏台的前面，有一名年青的兵士，穿了长大不甚称身的灰色棉布军服，拿了喇叭吹号。第一次吹了天明号，第二次吹起床点名号，第三次吹下操号。当三次号音吹完后，于是就有一连年青兵士，排队到荒坪里去，把野狗所占据的地方成为操场，由连长领头，团团的操起跑步来了。这一连穿灰色衣服的人，也如其他别的地方的新兵一样，每天早早的起来，没有什么可作的事情，就只有跑跑圈子。跑了一阵后，又分成小排，随了每个连附的意思，做一切兵士成天做过的事情。跑步，慢步，向左，向右，卧下，跪下，每一个口令都有一种形式，这类不同的也十分简单的形式，就支配了这些人的兴味和希望。他们都明白他们自己是兵士，每一个人在他的领章上，袖章上，以及其余小小地方，总不忘记自己的身分。还有他们心上也永远不会忘记这个。时间久了一点，新兵渐成为老兵，从那长年吃糙米饭的口里，喊出强而有力的声音，这个声音，单纯而略显得呆笨，从荒坪里散播出去时，另外一些地方，就有人觉得这是一种愚蠢的呼喊，因此发了怒，因此生着气。原因乃是他们是兵士，另外的他们却是人之师的“教授”！

这里另外要说到的，就是在卖马厂附近。因为地方接近湖北大学，来往方便，有一些用口舌叫卖知识传播文化的上等阶级人物赁屋居住。这些教授们，从大都会来到这有名无实的破烂萧条地方，耳目所接触，总是一些不愉快的现象。地方既肮脏，房屋又卑小，人又狡猾，天气又坏。因此平时修养极好的，一到这儿来住了一些时间，一提到这地方任何事物，总不缺少牢骚。脾气呢，可以说是完全变坏了。他们并没有忘记到这地方来教书，可以多拿一些钱，吃一点好东西，享享清闲的福。但别的不如意事却常常使他们不能忍耐。一个内战所必争适宜于培养军人的地方，排长连长，司令指挥，这些人物以类聚，住来非常相宜，当然就不容易合得教授们的脾味了。

这个地方，这样早上，住在卖马厂街西一栋房子里小楼上的一处人家，平台正对着荒坪，因为坪里愚蠢的人所作愚蠢的呼喊，就惊醒了一个人的睡眠，从卧室里忽然起了一种很有威势的吼声。

“杨妈，妈妈——我的妈，你为什么又忘记关门了？”

这家人家的娘姨，照到当时作仆人的规矩，老清早就起来了，一起来便在平台上打扫落叶，把门开后，忘记掩上，所以兵士们的整齐划一的喊声，惊吵了这个尊贵人的好梦。

听到老爷的吼声，娘姨轻轻的把门关好，里面老爷就又同庄周一样化作一双小小白色蝴蝶，飞到一个辽远的境界里去了。主人已安安静静卧着后，娘姨还在平台上打扫，收拾搁在栏干上的冻豆腐，为了老爷的古怪称呼，心中有点不平。她想，“四块钱一个月的娘姨，哪里配做您老爷的妈？老太太在家乡吃燕窝鱼翅当点心，穿狐皮袄子同绸缎，成天坐在火箱上同猫儿一个样子，什么事也不必作，安安稳稳的打盹，我哪里有这种好福气？”

这女子是一个中年妇人，自己儿子就是一个兵，关于兵的事情比老爷懂得多许多，见到老爷那么不欢喜兵士，口上不说，心中却总有一点儿反感。老爷这样讨厌那些当兵的人，成天骂着。这娘姨，白天里无事，就搬了小凳子，坐到这平台上晒太阳取暖，纳纳鞋底，吃一点锅巴，一面望到太阳下年青兵士同年青军官，就得到一种恰恰与老爷性格相反的乐趣。她在年青兵士生活方面，揣测得出自己儿子的生活，又在年青军官身上，常常做着那种不妨碍别人事业的好梦。从不打量自己儿子象老爷，胁下挟个黑皮包，撑了拐棍上学堂，七天中又休息一天，月终就拿薪水，把支票取来到上海银行去兑现。她懂得到这些好处，可是她不希望。她只愿意看到自己儿子也穿了体面黄呢军服，佩发光的刀，站立时如一管笔，走动时如一匹马，又尊贵又威武在大坪里发号施令。这种体面样子，便可以给她非凡的光荣，永远的幸福。她的儿子现在离她很远，远到不知道有多少里路，在一个队伍里名列班长，来信说慢慢的会升上去，每回都这样说，却并不升。但她相信过一些日子，一定可以升上去。

因为自己有一个儿子在军中，这妇人，每逢上街买菜，遇及年青兵士，在其他老妇人身边，跷了一只脚倚着不动，等候缝补袜底，见到这种情形时，她总愿意停顿一下，讪讪的走拢兵士身边去，笑眯眯的同兵士说几句话。她把一些关于兵士生活的问题来同这些年青人讨论，问长问短，从那些最平常的回答上，仿佛就可以得到一些东西。她因为自己儿子在十七师，就不会忘记问这兵士属于第几师。她因为自己儿子来信说，军队中常常欠饷，就一定要问这兵士每月有多少进项。

那些对话是照例这样起始的：

“副爷，我好象认识你。你不是十七师的吗？”自然她并不当真认识他，因为武昌兵士那么多，他们自己师长就不会认识兵士。

可是这兵士也是有一个母亲的人，见到这妇人那么和气，也很愿意说说闲话，兵士将说，“我是××师”。因为十七师这一个部队，正驻扎到江西，已经有许多日子了。若是这兵士也知道这回事，还得说，“他们驻江西，不会回来的。那边仗火打得凶啊！”

明白了这兵士不是十七师兵士，仍然用着“我认识你”的神气，便问到营长，军需，师爷，到后，一切凡是她所知道的名称，她都得问问，便谈到发饷了。她以为兵士都应当寄钱回家的。

“你寄饷项给你妈，每月都寄去吗？”

“不能常常寄。新兵钱不多。”

“那么你钱用到什么地方去了呢？”

“……”这里，遇到一个诚实一点的兵士，他得说诚实话，就是说，一个兵士除了火食就得不到什么钱。或者得了点钱，不是赌博输去也只用到别的吃喝上去。这妇人听到这些话，她照例要忘掉忌讳，用一个做母亲的身分，加一点点责备于面前的一个人。她将为一切留在家中的母亲有所申诉，因为她自己是一个兵士的母亲，她总有点气愤的样子说，

“你们年青人，忘记了你妈是不应当的。”

可是，她把话一说过，便从兵士身上记起别的事情来了。从兵士不大整齐而且单薄的服装上，敝旧了的鞋袜上，以及其他情形上，她发生了同情，觉得做兵士也不容易了。

“你不冷吗？不吃亏吗？不挨打吗？你妈寄衣服和鞋子吗？……”

她什么都想问，什么都想说，因为在任何兵士面前，都想得一点自己的儿子情形。她到后，看到那兵士扬扬长长走了，一个人站在街头，似乎就想哭一阵，但另外

一种感情，又使她在那个时候觉得很快乐。

同她说话的虽不是自己儿子，却是一个兵士！因为常常看到有兵士在街上就老妇人缝补鞋袜，她知道自己儿子在军队里为了跑路原因，鞋袜也一定象这样子，所以一个冬天来，便常常坐在太阳下为儿子做鞋。把鞋底做好，安置了青布面帮儿，便花了钱托人带去。究竟这鞋子是不是能够到儿子脚上去，这妇人却无从知道的。

这妇人，在街上见到兵士，谈过话，回到家中时，匆匆忙忙的洗菜作饭，到了蛇山上的午炮訇的一声响，一会儿，大门前电铃叮叮的发声，从那重重的派头上，明白这是老爷回家吃饭的时节了，就赶忙走去开门。到后一切菜饭由这妇人布置到堂屋方桌上，老爷太太少爷依次入席，她就站在旁边为一家人侍候添饭。在吃饭桌旁，老爷还不愿意把他责骂军人的权利放弃，照那情形看来，竟象是知道自己家里娘姨有一个儿子当兵，他故意骂给娘姨听听的。听到许多希奇古怪的责备，以及许多不近人情的诅咒，娘姨照例不能分辩什么。她想说“老爷您说得不对”，又想说“老爷您造谣言”，又想说“老爷您不应当那么骂他们”，可是因为她记到老爷在另外一个时节，为了游艺会大家玩耍的事，学校里不让兵士玩，被兵士把事务主任捉去老爷也被捉去的故事，她懂到老爷的牢骚有根，就不说什么了。

裁兵问题，教育普及问题，国学救国问题，以及其他许多问题，都是这一家主子常常和太太少爷娘姨演说的问题。老爷原有老爷自己的心事，所以老爷一上学校去时，这问题，便从公馆移到教员休息室里去了。

老爷一肚子古怪，听说到学校爬到一个高台子上去，为年青人说那些天上地下的事情，说一年也说不完。家中娘姨当然没有了解老爷的资格。娘姨见老爷走了，送出去，小心的关上腰门，脸上露出微微的笑容。她想起老爷那些脾气，记到老爷说的话……一个仗火，死人十万八千。一声炮，毁去一幢房子，一刀削了一个头颅，老爷从报上看来这些消息，她不必看报，也可以完全知道。死十万八千算什么事，湖北江西有一百万或更多的人，天下房子很多，千百个大炮也不会把房子掀完。什么事情都是命，命里有什么，总逃不了；命里无名，也不必害怕。这意思是为什么？都是这妇人不相信自己儿子会忽然死去的理由，同时也就觉得老爷心好脾气坏，不什么要紧!

这个人家老爷同娘姨，在某一点上，恰恰立在相反的神气下头，可是太太同小姐少爷呢，他们都不知道自己应当站在那一边好。听说武昌省戒严了，学校的薪水就不能按时发下，他们见到老爷生气，也似乎不大高兴。可是每天坐在家中无事可作，觉得无聊，同娘姨到平台上去，看坪里兵士的下操时，一看也常常是看个半天。年青军官骑了小小白马在坪里驰骤，那种动人的威风，曾使教授太太十分歆羡，心里间或胡乱打算过，以为将来有这样一个女婿，倒并不是很坏的事情。

在湖北大学政治系教员休息室里，下课钟敲过一会儿后，教授们满身是灰，如从一个战场上退回一样。这些人很快的逃来，就把身体嵌到休息室的柔软大椅里面去，身体发福痴重一点的人，便听到轧轧的声音。接着是一个高个儿听差，扭来一把手巾抹脸，这些人便同在黑板上抹灰一样擦着眉毛和耳朵。室中新生了一个火炉，到了下半天煤就有点不够，使满室觉得凄冷，但一个上半天，照例这个炉子里，却有烟煤在里面发哮，室中充满了春意。日子已经是十一月二十七，过三天学校便应当发薪水了，每星期教六个钟头课领取月薪三百元上下的教授们，下课后无事可作，围到暖烘烘的火炉，喝着一杯清茶，自然有话谈谈。于是谈到薪水，谈到本校会计股，谈到本省财政局，谈到本国财政部，间或还会谈到银钱同舅子的关系，从这里便引起了各样问题，“雄辩”与“哈哈”，把休息室变成热闹地方了。听差照例也可以站在旁边一面用铁通条去搅动炉火，一面细细听着这些有知识的人充满了智慧的议论，直到提及关于女人那些事时，才有点不好意思，不得不走出这个房子。

这些体面人，照例都有他们个人的哲学，用自己一种书生的观念，为一切事胡乱加以注解。学校方面课既不多，学生又很能原谅这些有名气的人，正象随便给一点知识大家就已经都很满意了。这些人每天事情既那么少又那么容易对付，回家去同太太谈“国事”，太太却常常问到“薪水”。有些人还没有太太，有些人还不好意思接小脚太太出来，因此这一群人，下课后照例也不即走，留在这休息室里取暖，吸烟，谈闲天，实为一种排遣长日解除郁积的最好事情。大家从一个小事情上驰骋感想，发抒意见。大家复能在一句趣语上，一致微笑或大笑。本应害伤食病的人，因此也都不知不觉间心广体胖起来。

这些人大致都是从美国或英国，从南京新都或北京旧都分头聘来的。还有些是做过大官退了位，同当局要人有来往的。有些名气又很大，社会知名，别处聘请也不会去，因此即或上课极少，学生也不好意思挑剔。这些人见过了中外文化与文明所成就的“秩序”与“美”，经过许多世界，读过许多书，非常有名气而且非常有学问，来到这长江中部千年以来传说中的名城，住到小小的房子里，每月饮料全得喝水塘中的浊水，出到街上去，所遇到的全是愚蠢邋遢的脸子，街头上转弯抹角处，任何时节总可以见到一个行路人正在扯脱裤子预备撒尿。铺子里打死了一只老鼠，即刻便用铁火钳夹起抛到街上来……还有兵，多到使你不能想象他们的数目，脏到你总以为是乞丐。打量扔给他一个钱，却又因为那种神气使你见了有点害怕，见了就想走开。为了这些现象，有许多人觉得这才真是中国人的中国，于是习惯到里面去。另外又有些人，才开始明白内地的中国人民，如何在一种腐烂颓败发霉发臭的情形下存在，感觉到十分悲观了。

但这些人虽一致觉得这内地的“古典”生活，不是自己所熟习的生活，然而全是一些读书人，各知道一样专门学问，读过许多专门的书籍，能够告给学生以伟人的历史，古怪的思想，十年的政治，百年的法典，千年的文学，万年的天地，除了这些却什么也不能有一分儿。有些知道自己是应当做官的，都在那里十分耐烦的等候政治的推迁。有些爱钱的，便知道把所得的薪水，好好处置到一种生利息的事情上去。其中还有一些“书生”，很爱体面，又很不懂事情，从中国或从外国书里，培养出一种古怪的人格，国事的混乱，民族的堕落，都觉得那是使他极其难受的事。百姓的事，中国的事，扰乱到这个人的心，使他常常愤怒。对于执政那一面，任何时节他都俨然有一种切齿的关系存在。他没有什么固定信仰，却认为一切现象不好，不文明，皆由于政府的无力整饬与有意放弃。他真心的不高兴那些有权力的人，以及帮助作恶的人。时时象在同那种恶势力冲突，可是他却又并不放下他那一分因社会畸形发达自己所得的种种好处。他有感觉，也仅仅有那种感觉，坏了他的脾气，既不能把社会变好，自己也不能变好。在另外一种情形下，则这种人因为有点不平，有点反叛的种子酝酿在心里，能够写诗做文章。另外有一种书生，虽是书生却已渐渐的成为教书匠了的，懒惰的，有中国名士风味的，便很容易发生了一种琐碎趣味，常常在一些极小事情上，纠纷百端，无从解决。这种人又欢喜在同事方面，作一种冗长而无兴味的讨论，用一些大报小报作根据，把“大人物”“新鲜事情”两样东西连结在一处，互相辗转的来传述一点谣言，谣言中常常不能不有一个知名女人在内，他们从这情形中，便得到一种乐趣。他们这样也就算是与不满意的一切现象作战，嘲笑一切，辱骂一切，诅咒一切……这是不错的，还是一个长久的战争！口舌的武器，原不至于敝旧，同时这休息室里，同事又那么多，这类人倒是无聊的集团里一种中坚人物，缺少了他们，是使大家更觉得生活沉闷的！

就是最后这一类人，他们也仍然是不满足这个环境现象的。那个家有平台，一生气时就喊佣人作妈，最不欢喜见兵的大人，有很多地方仿佛便是这种人。

我们应当回到前面一件事情了。一直到了九点，那个教授睡够了，爬起床后，娘姨便把脸盆送到床边，搁在一个小几上。其时蛇山上正有一队号兵吹奏喇叭，声音向武昌城各处散去，幽幽凉凉，很有一点塞外胡笳的意思。本地人这个月来看到不知过了多少军队，许多人家的长工同做小生意的人，皆被拉去当伙夫去了，这个喇叭正象有点得意的压着全个武昌地方的人。

“汉生，这是一群强盗的奴隶，”他听到喇叭声音，非常刺耳，把这个奇怪的话加在那一队吹喇叭的军人头上去，却向榻边一个四岁不足的儿子，表明他对军人瞧不上眼的态度。这儿子不大明白爸爸的意思，却提出一个要求，要爸爸为他买一支枪，一把刀。他告给爸爸需要这个的理由，说是“要做统领”，这做统领的志气，却是听到有喇叭声音而想起的。

教授有点诧异这不稳当思想的来源了，就问儿子，

“谁告给你的？”

“我自己要的！”

“你要那个作什么？”

“我欢喜那个。”

“不许说欢喜。那全是强盗要的东西！”

“我还要做都督！”

"革命党来杀了你！"

"杀了我也要。"

"嗨——"这教授吼了一声，睁目望到汉生不再说什么，母亲在窗下知道房中事情了，就在外边喊叫儿子。

"汉生，你来，你来，看天上落雪了，好大的雪呀！"

想做都督的儿子出去以后，教授一面抹脸一面说，

"娘姨，我告你不知道多少次了，不许少爷上平台去看那些叫化子强盗，你不听我的话，我要开销你。"

"老爷，没有这件事。"

"怎么没有，他要做都督！不是看到那些东西，他什么也不知道！"

"他有志气！"

"什么志气，做都督，做师长，都是些混蛋……"

外面太太又忙喊着"娘姨娘姨，快拿少爷的小椅子来"，这娘姨便笑笑的跑到外边去了。

外面并没有落什么雪，很好的天气，挂在蓝底儿天上的日头，照到人背上古怪的温暖，主仆皆站在院子里晒太阳，看屋角上一群鸽子摆阵势飞。两人还在那里计算腊八豆的气候，计算腌肉用盐的分量。计算干菜落

坛开坛的日子。全和老爷的事情无什么关系，一家人除了教授独当一面，其余的人是同心合意站在男主人相反一面的。这事教授似乎也很明白了，因为每到小孩同佣人挨骂时，太太总把两人叫开，省得把时间拖长，老爷生气。

到后教授便在房中看报，看到一些各处打败仗的新闻，仿佛有了报仇的机会，就拿了报走到外边大院子来。

“×× 死了一万人，张 ×× 师长也被活捉去了，这些无用处的东西！”

“怎么啦？”因为娘姨听到那个师长的姓同自己儿子师长是一个字，关心到这件事了。“死一万人，省主席也被捉去吗？”

教授看到娘姨那种慌张惊愕样子，很觉有趣味，便把报上没有登载的消息，也用自己意见代为证实。就说所有掳去的人马，都要用机关枪打死，一个伙夫也不留下。他还想说这些人本来皆应当用火烧死……话未说及，忽然听到门外街头有许多人呐喊声音，且听到远远的敲钟声音，城里不知道什么地方失火了，街上乱糟糟的有许多人奔跑，虽然是大白天，还不知仅仅是失火，还有没有别的事情发生。这一家人不到一会儿就全都跑到屋后平台上去了。只见到一股青烟在城东角上扬起，且隐隐约约听到一种哮吼拉杂声音，似乎去这里并不很远。娘姨忙攀到栏干上去瞧望，问隔壁蹲在屋上瞧看的人，是什么地方走水，才知道离这里还有两三条街。二十分钟还走不到。

这时节，在祠堂里驻扎的军队，刚下操散队不久，忽然又临时集合，长官吹着哨子，喊叫赶快站队，不久就派出了一小队人到失火那边警戒去了。

教授一家人还是站在平台上望火，而看到许多闲人在下面大坪里奔窜，样子十分忙乱。又见到同街坊胆小人家，有人抬了锅罐放到坪中空处的事情。又看到人打着铜锣报告火的方向，且胡乱的嚷着另外一种话语，大约不外乎救火人每挑一担塘水所得报酬的数目那种事情。

教授游目四瞩看了一会儿，觉得众生芸芸，扰攘无已，很是无聊，便说：

“汉生汉生，同姆妈进去，不要站在这里吹风。”自己说着已先走下楼去了，接着不久，这一家人就团团的围在一个方桌边吃早饭了。

吃过饭，娘姨把碗盏收拾到厨房去，听到后门外扰攘不止，见着两个兵士用门板抬了一个救火受伤的兵士过去，后面跟了一大群人。又见着一个兵士扶了一个救火受伤的警察过去，跟着看的又是一大群人。这娘姨，也就着忙跟到后面走去，想看看前面那个究竟死了没有。随了街上闲人挤到祠堂前面时，受伤的人已抬进祠堂去了，所有闲人皆不许通过。正在那儿担着心，忽然又看到一个兵士从祠堂里匆匆促促的奔跑出来，口中只说“找一只雄鸡”，“找一只雄鸡”，她在人丛中伸手一把就拉着了那个兵士，红着脸急促的说：“副爷，你跟我来，我有一只鸡，我有一只鸡……”她把留养在主人家里一只公鸡，交给了那个不相识的兵士后，又跟到兵士跑回来，站到祠堂外边，听候里面的消息。站了老半天，才回家去。

可是把饭吃完的教授，不到半点钟，就从从容容坐在大学校教员休息室火炉边大沙发上了。一室里五六个先生们，都用东城失火的事作为题材，谈到一切关于失火的故事。其中一个最善于逢迎凑趣的同事，谈到某时在某地方看到一个妇人从睡梦里被火惊起的情形，因慌乱了一点，如何忘记了自己是女人，他把这个莫须有的故事，用了许多很雅致的名词描画着。大家皆用着温和微笑的脸儿，细心领会到这故事的变化，末了多人皆仿佛若有所得，便互相交换烟卷，互相很矜持的笑着，表明这笑话虽有趣味，却并不能把大家的身分失去，不如另外一时另外一个人笑话来得更好，因为这个故事是这个无耻的人说出，他们是明白这个人的品性大有问题，不是个正派人，且不是正途出身。

失火的事谈过后，他们便开始谈这个冬天来各人自己家中的事情，从厨子谈起，一直谈下去，直到山上的大钟催促上堂时才停止。因为学校里有这种规矩，所以到第二天学校中，便知道 × 教授家中有个愚蠢娘姨，把自己积钱养大的一只雄鸡送人的故事了。

一九三一年四月廿七日完成

泥 涂

长江中部一个市镇上，十月某日落小雨的天气，在边街上一家小小当铺里，敝旧肮脏铺柜下面，站了三个瘦小下贱妇人，各在那里同柜台上人争论价钱。其中一个为了一件五毛钱的交易，五分钱数目上有了争执，不能把生意说好，举起一只细瘦的手臂，很敏捷攫过了伙计从柜台上抛下的一包旧衣，狠狠的望了另外两个妇人一眼，做出一种决心的神气，很匆遽的走了出去。可是这妇人快要走到门边时，又怯怯的回过头来，向柜台上人说：

"大先生，加一毛都不行吗？"

"不行！你别走，出了门，回头来五毛也不要。"

妇人听到这句话，本来已拿这些东西走过好几个小押铺，出的价钱都不能超过五毛，一出门，恐怕回来时当真就不要了，所以神气便有点软弱了。她站在那个门边小屏风角上，迟疑了一下，十分忧郁的说：“人家一定要六毛钱用，不是买米煮饭，是买药救命！”

柜台上几个朝奉恶意的低低的笑着。因为凡是当衣服的人，全不缺少一种值得哀怜的理由，近来后街一带天花流行，当东西的都说买药，所以更可笑了。

这样一来妇人似乎生了气，走出了门，可是即刻就回来，趑趄回到柜台前了。一会儿重新把手举起那个邋遢包裹，柜上那一面，却并不即伸出手来接受那个肮脏的包袱。还得先说好了条件，“五毛，多一个不要，”答应了，到后才把那个包裹接了过去，重新在柜台上解开，轻轻的抖着那两件旧衣，口中唱着一种平常人永远听不分明的报告。再过一会儿，就从上面掷来一张棉纸做成的当票，同一封铜子。妇人把当票茫无所知的看了一下，放到汗衣上贴胸小口袋里后，才接过铜子来，坐到窗下一条长凳上，数那五角钱折好的铜子。来回数了三次，把钱弄清楚了，又在那凳上慢慢的包好，才叹了一口气，走出了门。

一出当铺的门，望望天空细雨已经越落越大了。她记起刚才在当铺柜台边时，地下有几张不知谁人丢下的破报纸，就又重新走回去，拾取了那报纸，把报纸搭盖着头同肩部防雨，才向距边街当铺十二家一条小弄子里走去。

×× 的边街位置在 × 城 ×× 市的北方，去本市新近开辟的第四号大柏油路约一里又三分之一，去老城墙不到半里。×× 的地方因为年来外国商人资本的流入，市面发展有出人意外的速度，商埠因为扩张，渐渐有由南向北移去的样子，所以边街附近那几条街，情形也就成天不同。但边街因太同本地人名为“白墙的花园”那个专为关闭下贱的非法的人类牢狱接近，所以商埠的发展，到了某某街以后，就转而移向东方走去。因为东方多空地，离开牢狱较远，那地方原是许多很卑湿的地方，平时住下无数卑贱的为天所弃的人畜。到后，这地方都被官家把地圈定，按亩卖给了当地财主团，各处都分段插了标识。过不久，就有人从大河运了无数泥沙同笨重石头，预备填平这些地方。又过一些日子，就在那些地方建筑了无数房子了。至于原来住东城卑湿地面草棚里的人呢，除了少数年富力强适宜于工作的，留下来充当小工外，其余老幼男女，自然就到了全被驱逐赶走的时候了。他们有的向更东一方挪移。有些便移过了比较可以方便一点的北区，过着谁也想象不到的日子。北区因为这些分子的搀入，自然也仿佛热闹了，乱糟糟的，各处空地都搭了棚子，各处破庙里都填满了人，各处当街的灶头，屠桌上，铺柜上，一到夜里，都有许多无处可栖身的人，争先占据一片地方，裹在破絮里，蜷伏成一团，闭了两只失神憔悴的眼睛，度过一个遥遥的寒夜。

这里虽同 ×× 市是一片土地，却因为各样原因，仿佛被弃样子，独立的成为一区。许多住过 ×× 市南区及新辟地段住宅区的人，若非特别事情到过这里，仿佛就不会相信 × 城还有这样一些地方。

九月来，在这些仿照地狱铺排的区域里，一阵干燥，一阵霪雨，便照例不知从何处而来的流行病，许多人家小孩子都传染着天花。这病如一阵风，向各处人家稠密的方面卷去，每一家有小孩子的，都不免有一个患者，各处都可看到一些人，用红纸遮盖着头部，各处看到肿胀发紫的脸儿，各处看到小小的棺木。百善堂的小棺木，到后来被这个区域贫人领用完了。直到善堂棺木领完后，天花还不曾停止流行，街头成天有人用小篮儿或破席，包裹了小小的尸身向市外送去。每天早上，公厕所或那种较空阔地方，或人家铺柜门前，总可以发现那种死去不久、全身发胀崩裂、失去了原来人形、不知什么人弃下的小小尸骸。

地方聪明的当局，关于这类下贱龌浊病症的救济办法，除了接受一个明事绅董的提议，把边街尽头，通往市区繁盛区的街口，各站了一些巡警，禁止抱了小孩出街以外，就什么也不曾做。照习惯边街有善堂的公医院，同善堂的施药施棺木处，一切救济就都是这个善堂。但棺木到某一时也没有了。同时这上帝用污秽来扫灭一切污秽的怪病，却从小孩转到了大人方面。一切人都只盼望刮风，因为按照一种无知的传说，这种从地狱带来的病，医药也只能救济那些不该死的人，但若刮了一阵风，那些散播天花小鬼，是可以为一阵大风而刮去，终于渐渐平复的。

这收拾一切的风，应当在什么时候才来？上帝在这里是不存在的，这地方既然为天所弃，风应当从哪儿吹来？自然的，大家都盼望着这奇怪的风，可是多数人在希望中就都先死去了。天气近了深秋，节季已不同了，落了好多天小雨，气候改变了一些，这传染病势力好象也稍稍小了一些。

那个用报纸作帽，在人家屋檐下走着的妇人，这时已走过了名为小街的一个地方，进了一个低低的用一些破旧洋磁脸盆、无用的木片、一些断砖，以及许多想象不到的废物作成屋顶的小屋子里。一进去时，因为里边暗了一点，踹了一脚水，吓了一跳，就嘶声叫唤着睡在床上的病人。

“四容，四容，怎么屋里水都满了，你不知道吗？”

卧倒在也算是床的一块旧旧的不知从何处抬来的门匾上的病人，正在发热口渴，这时听到家中人已回来了，十分快乐，就从那个脏絮的一头，发出低弱的回声。“娘，你回来了，给我水喝！”孩子声音那么低弱，摇动着妇人的感情，妇人把下唇咬着，抑制着自己。

但妇人似乎生了一点气，站到门口，“你喝多少水呀！我问你。我们屋子里全是水了，你不知道吗？”

“我听到后面有人嚷闹，说大通公司挖沟放了水。我听到他们骂人，可不知是谁骂人。”

妇人不理病人，匆匆走到屋后去了。到了后面，便看到有许多人正在用家伙就地挖泥壅堤。因为附近过分低了一点，连日雨水已汇积成小湖，有灌到这些小小屋子里的趋势。今天却由于附近的工厂里放出积水，那些水都流向这个低处来，所以许多人家即刻都进水了。

这时许多人在合作情形下，用一些家伙从水里挖起泥来，就地堆成小堤。一些从天花中逃出了生命的孩子，疾病同饥饿折磨到他们的顽健，皆痴痴的站在高处，看他们家里人作事。

妇人问一个脸上痘瘢还未脱尽正在那里掘沟的男子，她喊他祖贵，问他这是怎么一回事。那男子正为了这事有点生气，说：“怎么一回事，只有天晓得！我们房屋明天会都在水里！”

妇人说：“你家也进水了吗？”

男子说：“可以网鱼了！”

妇人说：“别的方法都没有了吗？”

那男子就笑了。“什么方法？”那时正把一铲泥铲起向小堤上抛去，“就是这个，劳动神圣。”

另外远一点一个妇人站在水边发愁，就告四容母亲说，“有人已经告局里去了。”那妇人意思，以为局里必定很公道，即刻就有办法的。

“告局里，他们就正想借这件事赶我们！”那男子一面说，一面走过去，把手中的一把铲子向水中捞着一个竹筒。“局里人都是强盗！他们只会骗我们、骂我们、诬赖我们，他们只差一件事还不曾做，就是放火烧我们的房子。”

有人就说：“莫乱说！”

那有痘瘢的祖贵说：“区长若肯说真话，他会详详细细告你一切！”

妇人说：“区长说他捐薪水发棉衣，一到十月就要办这件事！”

“谁得他的棉衣？每个区长都这样说，还有更好听更聪明的话！他那么说了，下一次又好派人来排家敛钱，要我们送他的匾。上次为区长登报，出两百钱，张家小九子告我们说，报上还看到我的名字。鬼晓得，名字上了报有什么好处，算什么事！”

另外一个正在搬取泥土、阻拦积水到他屋旁的老年人搭话说："为什么没有好处？我出一百钱，我就没有名字！许多人出一百钱都无名字！"

那祖贵望老年人露出怜悯的微笑："你要报上有名字吗？花园里每次砍一个人，就有一个名字在报上……"

妇人喊那个站在水边发愁的女人，问："是谁去告局里？"那女人说："帮人写信的张师爷，他说，他去局里报告，要局里派人来看看。他做事是特别热心的。"

那挖泥土脸有痘瘢的男子就说："他去报告，一面报告这件事，一面就去陪巡长烧烟，讨烟灰吃。"

那发愁的妇人因为不大同意这句话，就分辩说；"什么烧烟？张师爷是好人！他帮你们写信，要过谁一个钱没有？他那兄弟死了，自己背过××去，回来时眼泪未干，什么人说，张师爷，做好事，给我写个禀帖，他就不好意思拒绝别人的请求！"

祖贵说："那有什么用处？谁不承认他是好人？可是人好有什么用处？况且他帮你做点事，自己并不忘记他自己的身分。他同谁都说他是一个上士，是个军籍中人，现在命运不好，被革命的把地位革掉了。他到这里就因为他觉得比你们高贵，比你们身分高一层，可怜你们，处处帮你们的忙。他向你们借钱，借一个就还一个。可是一发瘾了，这条曲蟮，除了到巡长处讨烟灰吃以外，就没有什么去处！”

“可是巡长看得起他，局里人全看得起他！”

“你说巡长送他的烟灰是不是？”

“他是读书人。”

“他是读书人？丢读书人的丑！”这男子复又自言自语似的说：“他算不得读书人！读书人都无耻，我看不起读书人。因为他们认得几个字，就想得出许多方法欺侮我们，迫害我们，哄我们，骗我们，我恨他们……”

那发愁女人心想，“你跟谁学来的这些空话？”忙把手指塞到耳朵，把头乱摇，因为听到的话好象很不近情，且很危险。她明白祖贵一说到这些时就有许多话，一时不能停止，谁也管不了他。她于是望望天气，天空中的小雨还在落。她似乎重新记起了自己应发愁的事情，觉得到此辩嘴无意思了，就拉了一下披在肩上的一片旧麻布，跳过了一道小沟，钻进自己那小屋子里去了。

这时远远的，正有一个妇人在屋里悠悠的哭着，一定的，什么充满了水的小屋里，一个下贱的生命又断气了。在水边的一些人，即刻就知道了是谁家的孩子去了世。因为这些人，平常时节决不会有什么烟子从屋中出来。家中有了病人，即或如何穷，平时没有饭吃，也照习惯得预备一点落气纸钱，到什么时节病人落气时，就在床边焚烧起来，小小的屋子自然即刻满了青烟，这烟与妇人哭声便一同溢出门外，一些好事的或平时相熟的人，就都走过去探望去了。

这时节妇人记起自己家中那个病人要水喝了，忙匆匆回到自己屋里去，因为地下水已把土泡松了，一不小心，便滑了一下，把搁到架上一个空镔铁盒子碰落了地，哗啷啷的响着，手中那一封铜子也打散到水里了。

床上那病人叹着气，衰弱的问着："娘，你怎么了？"

妇人懊恼的从水里爬起，"见了鬼！"她不即捡钱，把手在身上擦着，伸到一堆破絮里去摸病人的额部，走过水缸边去舀水，但又记起病人喝冷水不好，就说："四容，你莫喝冷水，等一等我烧水喝。"

病人似乎不甚清醒，只含含糊糊说一些旁的话。

妇人于是蹲到床边水里，摸那打散了的一封铜子，摸了半天，居然完全得到了。又数了两回，才用一块破布包好了，放到病人的床头席垫下，重新用那双湿湿的手去抚摸病人的头额。

“娘，口干得很，你舀点冷水给我喝喝吧，我心上发烧！”

妇人一句话不说，拿了一个罐子走出去了，到另外一个正在烧水的人家，讨了些温水，拿回来给病人。病人得到水，即刻就全喝了。把水喝过一会后，病人清醒了许多，就问这时已到了什么时候，是不是要夜了。妇人傍在床边，把头上的报纸取下来，好好的折成一方，压到床下去，没有什么话说。她正在打量着一件事情，就是刚才到当铺得的那五毛钱，是应当拿去买药，还是留下来买米？她心中计算到一切，钱只那么一点点，应做的事却太多了，因此不能决定应做什么。

那病人把水喝过以后，想坐起来，妇人就扶了他起来，不许他下床，因为床下这时已经全是水了。

妇人见孩子的痛苦样子，就问他：“四容，你说真话，好了一点没有？”

“好多了。娘你急什么？我们的命在天上，不在自己手上。”

“我看你今天烧得更厉害。”

“谁知道？”病人说着，想起先一时的梦，就柔弱的笑了。“我先一会儿好象吃了很多桃子同梨，这几天什么地方会有桃子？”

妇人说：“你想吃桃子吗？”

“我想吃桔子。”

“这两天好象有桔子上市了。”

“我想到的很多，不是当真要吃的。我梦到很多我们买不起的东西！我梦里看到多少好东西呀！我看到大鱼，三尺长的大鱼，从鸡笼里跳出来，这是什么兆头？——天知道，我莫非会要死了！”

妇人听说要死了，心里有一点儿纷乱，却忙说：“鱼自然是有余有剩。……”

这时那个门口，有一个过路的相熟妇人，拖着哑哑的声音向里面人发问：“刘娘，刘娘，怎么，你在家吗？孩子好一点了吗？”

“好一点，谢谢你。我这屋子里全是水了，你不坐坐吗？”

“不坐喔，我家里也是水！今天你怎么不过花园？我在窑货铺碰到七叔，他问你，多久不见你了。他要你去，有事情要你做。”

“七叔孩子不好了吗？”

“你说是第几的？第二的好了，第四的第五的早埋了。”

那病人听到外面的话，就问妇人：“娘，怎么，七叔孩子死了吗？”妇人赶快走到门外边去，向那个停顿在门口的女人摇手，要她不要再说。

不一会儿，这妇人就离了病人，过本地人大家都叫它作“白墙的花园”的监牢那边去，在监牢外一条街上，一家卖烟的小屋前，便遇着了专司这个监牢买物送饭各样杂琐事情的七叔。这是一个秃头红脸小身材的老年人，在监狱里作了十四年的小事，讨了一个疯瘫的妻，女人什么事都不能作，却睡在床上为他生养了五个儿女。到了把第五个小孩，养到不必再吃奶时，妇人却似乎尽了那种天派给她做人的一分责任，没有什么理由再留到这个世界上，就在一场小小的寒热症上死掉了。这秃头七叔，哭了一场，把妇人从床上抬进棺木里，伴着白木棺材送出了郊外，因此白天就到牢里去为那些地狱中人跑腿，代为当当东西，买买物件，打听一下消息，传递一些信件，从那些事务上得到一点点钱。晚上就回来同五个孩子在一张大床铺上睡觉，把最小的那一个放到自己最近的一边。白天出去做事时，命令大孩子管照小孩子。有时几个较大的孩子，为了看一件热闹事情争着跑出去了，把最小的一个丢到家里，无人照料，各处乱拉屎拉尿，哭一阵，无一个人理会，到后哭倦了，于是就随便倒在什么地方睡着了。

这秃头父亲因为挂念到几个幼小的孩子，常常白天回去看看，有时就抱了最小那一个到狱中去，站到栅栏边同那些犯人玩玩。这秃头同本街人皆称为刘娘的妇人，原有一点亲戚关系，所以妇人也有机会常常在牢狱走动走动，凡有犯人请托秃头做的事，秃头忙不过来时，就由妇人去作。照例如当点东西，或买买别的吃用物品，妇人因为到底是一个妇人，很耐烦的去讲价钱，很小心的去选择适当的货物，所以更能得到狱中的信任与喜悦。她还会缝补一点衣服，或者在一块布手巾上用麻线扣一朵花，或者在腰带上打很好的结子，就从这牢狱方面得到一种生活的凭藉，以及生存的意义。有时这些犯人中，有被判决开释出去了，或者被判决处了死刑，犯人的遗物，却常常留着话，把来送给秃头同妇人。没有留着话说，自然归看狱管班。但看狱管班，却仍然常常要妇人代为把好的拿去当铺换钱，坏一点的送给妇人作为报酬。

因为本地天花的流行，各家都有了病人，一个在学剃头的孩子四容，平时顽健如小马，成天随了他的师傅，肩挑竖有小小朱红旗竿的担子，到各处小地方去剃头，忽然也害了这脏病。这寡妇服侍到儿子，忙到过公医院去讨发表药，忙到过药王宫去求神，忙到一切事情，所以好一些日子。不曾过花园那边去。

就是那么几天，多少人家的小孩子都给收拾了。

妇人见到了秃头七叔，就走过去喊“七叔”，秃头望着妇人，看着妇人的神气，以为孩子死了。秃头说：“怎么，四容孩子丢了吗？”妇人说：“没有。我听人说小五小四……”

秃头略略显出慌张：“你来，到我家坐坐，我同你说话。”

秃头就烟馆门前摊子上的香火，吸燃了一根纸烟，端整了一下头皮上那顶旧毡帽，匆匆的向前走后。妇人不好说什么话，心里也乱乱的，就跟着秃头走去。秃头一面走一面心里就想，死了两个还有三个，谁说不是那个母亲可怜小孩子活下受罪，父亲照料受折磨，才接回去两个？

妇人到秃头家里去，谈了一阵死的病的一切事情，把秃头嘱咐代向万盛去当的银镯钏同戒指，袖到身上后，就辞了秃头，过后街去。把事办妥后又到狱里去找秃头，交给钱同当票，又为另一个犯人买了些东西，事情作完回家时，天已快夜了。那时四容已睡着了，就把所得脚步钱从摊子上买来的两个大橘子，给放在四容床边，等候他醒来，看是不是好了一点。四容醒时同他妈说，后面水荡里，撬泥巴拦水的，有人发现了一个小尸首。不知是谁抛入河里的，大家先嚷了半天。妇人说，“管他是谁的，埋了就完了。”说了就告给四容，“买得了两个橘子，什么时候想吃就吃。”四容吃了一个橘子，却说“今天想吃点饼，不知吃不吃得。”妇人想，痘落了浆怎么不能吃，不能吃饼又吃什么？

过后听到门前有打小锣的过身，妇人赶忙从病人枕下取了些钱，走出去买当夜饭吃的切饼同烧薯。回来时，把一衣兜吃的东西都向床上抛去，一面笑着一面扯脱脚下浸湿透了的两只鞋，预备爬到床上吃夜饭。四容见到他娘发笑，不知为什么事，就问他的娘，出去碰到了谁。妇人说，“不碰到谁。我笑祖贵，白天挖沟泄水时，一面挖泥一面骂张师爷，这时两人在摊子边吃饼喝酒，又同张师爷争到会钞，可是两个人原来都是记帐。”

“他们都能记帐！”

“他日有钱时又不放赖，为什么不可以记帐？”

“祖贵病好了吗？”

“什么病会打倒他呢？谁也打不倒他，他躺到床上六天，喝一点水，仍然好了。”

“他会法术。他那样子是会法术的神气。”

“哪里！他是一个强硬的人！人一强硬还怕谁。”

“张师爷也是好人，他一见了我，就说要教我认字。我说我不想当师爷，还是莫认字吧。他不答应，以为我一定得认识点字才对。他要我拜他做老师，说懂得书，那是再尊贵没有了。”

“认字自然是好。他成天帮人的忙，祖贵骂他，口口声声说要把他头闷到水里去，淹得他发昏，他就从不生气！这是一个极好的人，因为人太好，命才那么坏！”

“他们是一文一武，若……可以辅佐真命天子！”

“说鬼话，你乱说这些话，要割你的嘴！”

“是我师傅说的。”

“你师傅那么乱说，什么时候，就会用自己的剃刀，割他自己的嘴。”

母子两人吃着切饼，喝着水，说着各样的话，黑夜便来了，黑夜把各处角隅慢慢的完全占领后，一切都消失了。

在同一地方，另外一些小屋子里，一定也还有那种能够在小灶里塞上一点湿柴，升起晚餐烟火的人家，湿柴毕毕剥剥的在灶肚中燃着，满屋便窜着呛人的烟子。屋中人，借着灶口的火光，或另一小小的油灯光明，向那个黑色的锅里，倒下一碗鱼内脏或一把辣子，于是辛辣的气味同烟雾混合，屋中人打着喷嚏，把脸掉向一边去，过一时，他们照规矩，也仍然那么一家人同在一处，在湿湿的地上，站着或蹲着，在黑暗中把一个日子一顿晚饭打发了。

第二天一大清早，强梁的祖贵，就同那个在任何时节、任何场合里，总不忘记自己是一个上士身分的张师爷，依照晚上两人商量好的办法，拿一张白纸，一块砚台，一支笔，挨家来查看，看水是不是已浸进了屋子。又问讯这家主人，说明不必出一个钱，只写上一个名字，画个押，把请愿禀帖送到区里去，同时举代表过工厂去，要求莫再放水，看大家愿不愿意。这些事自然是谁都愿意的。虽然都明白区里不大管这些事情，可是禀告了一下，好象将来出什么事情就有话说了。

说到推代表，除了要祖贵同张师爷一文一武，谁还敢单独出场。平常时节什么事就得这两个人，如今自然还是现成的，毫无异议，非两人去不行！可是那个文的，对于这一次事情，却说要几个女的同去，一定会顺利一点。他在这件事上还不忘记加一个雅谑，引经据典，证明“娘子军到任何地方都不可少”。因为这件事同为了禀帖上的措词，他几乎被祖贵骂了一百句野话，可是他仍然坚持到这个主张。他以为无论如何代表要几个女的，措词则为“恳予俯赐大舜之仁”，才能感动别人。祖贵虽然一面骂他一面举起拳头恐吓他，可是后来还是一切照他的主张办去，因为他那种热心，祖贵有时也不好意思不服他了。

当两人走到四容家门口时，张师爷就哑哑的喊着：

“刘娘，刘娘，在家么？”

妇人正坐在床上盘算一件值几百钱的事情，望到地下的水发愁，听听有熟人声音了，就说：“在家，做什么？”因为不打量要人进屋里来，于是又说：“对不起，我家里全是水了！”祖贵说：“就是为水这一件事，写一个名字，等一会儿到厂里去。”

妇人知道是要拼钱写禀帖，来的是祖贵，不能推辞，便问：“祖贵，一家派多少钱？”

“不要钱，你出来吧，我们说说。”

妇人于是出来了，站到门外，用手拉着那破旧的衣襟，望到张师爷那种认真神气好笑。那上士说：“我们都快成鱼了，人家把我们这样欺侮可不行！这是民国，五族平等，这样来可不行！”

妇人常常听到这个人口上说这些话，可不甚明白他的意思所在，也顺口打哇哇说：“那是的，五族共和，这样来可不行！”

“我们要求我们做人的权利，我们要向他们总理说话。”

“你昨天不是到区里说了吗？”

这上士，不好意思说昨天到区长处说话时，被区长恐吓的种种情形了，就嗫嗫嚅嚅向旁人申诉似的，说是“一切总是道理，不讲道理，国家也治不好。”

站在路中泥水里的祖贵，见这人又在说空话了，就说：“什么治国平天下？大家去一趟，要他们想一个办法，讲道理，自然好了，不讲道理，自己想法对付！”

妇人说：“要去我们全去，我不怕他们！”

那上士说：“就是要大家去的，刘娘你就做个代表好了。”

什么是代表妇人也不明白，只听说是去厂里区里的事，为的是大家的房子。所以当下就答应了。两个人于是把名字写上，约好等一会儿过祖贵家取齐，两个人又过另一家说话去了。

请愿的团体一共是十三个公民所组成，张师爷同祖贵充当领袖。大家集合成群先过警察所去，站到警察所门前，托传达送请愿禀帖进去。等了大半天，还无什么消息。等了许久大家都有点慌了，不知是回去还尽是等在这里好。祖贵出主意，要师爷一个人进去看看。这个人，明白这是公众的意见，便把身上那件旧棉外套整理了一下，口中念念有词，拟定了要说的话。传达原是认识他的人，见他想进去，就让他进去了。

进去一会儿，这人脸上喜洋洋的走出来了。因为昨天他一个人来说时，区长还说再来说就派人捉了他，把他捆绑起来喂一嘴马粪。今天恰逢区长高兴，居然把事情办好了。他出来时手中拿得有一个区长的手谕，到了外边，就念区长的手谕给大家听：

"代表所呈已悉，仰各回家，安心勿躁，静候调查，此谕。"

大家这时面面相觑，似乎把应作事情已作完了，都预备散去，另一个人就说："大家慢点，我们要张师爷再代表我们进去一趟，请他们这时就派一个人跟我们去看看。我们别的不要，只要看看我们的住处就行！"

祖贵以为要这边去看看，不如要厂里派人看看。倒是请一个巡士同我们过厂里说说为好。

师爷用不着大家催促，即刻又自告奋勇进去了，不一会，就有一个值班的警察，一路同师爷说话一路走出来。一群人围拢去，师爷把祖贵抓过一旁，轻轻的说：

“先到厂里去说话，再看我们那个。”

过一阵，一些人就拥了巡警到 ×× 铁厂门外了。守门的拿了愿书进去，且让随来的巡警同祖贵张师爷三人到门房里去坐。祖贵却不愿意，仍然站到外面同大家候着。这厂里大坪原来就满是积水，象一个湖没有泄处。一会儿那个守门人出来了，手里仍然拿着那个愿书，说：“监督看过了，要你们回去。”

祖贵说：“不行，我们不能那么回去。劳驾再帮我们送上去，我们要会当事的谈话！”

张师爷说：“我们十三个代表要见你们监督！”

那个守门的有点为难了，就同随来的巡士说：“办不好！这是天的责任，你瞧我们坪里的水多深！”

巡士说：“天的责任，我们院子里也是多深的水。”

妇人刘娘便说：“谁说是天的罪过？你们这边不挖沟放水，水也不会全流过去。”

另一个女人自言自语的又说：“今天再放水，我们什么都完了！”

那守门的心里想：“你们什么都完了？你们原本有什么？”

祖贵逼到要守门的再把愿书送进去一次，请他们回话，巡士也帮同说话，守门的无可如何，就又沿了墙边干处走到里面去了。不多久，即见到那个守门人，跟着一个穿长衣的高人出来。这人中等办事员模样，走路气概堂堂的，手中就拿着刚送进去的愿书，脸上显出十分不高兴的神气，慢慢的低着头走出来。到了门前，就问："有什么事一定要来说话？"那种说话的派头同说话时的神气，就使大家都有点怕。

这人见无一个人答话，就问守门人，那个愿书是不是他们要他拿进去的。祖贵咬咬嘴皮，按捺到自己的火性，走过去了一点，站近那个办事人身边，声音重重的说："先生，这是我们请他拿过去的。"

那穿长衣人估计了祖贵一眼，很鄙夷的说："你们要怎么样？"

祖贵说："你是经理是监督？"

"我是督察，什么事同我说就行！"

"我们要请求这边莫再放水过去，话都在贴子上头！"

穿长衣的人就重新看了一下手上那个愿书的内容，头也不愿意抬起，只说："一十三个代表啊，好！可是这不是我们的事情，公司不是自来水公司！天气那么糟，只能怪天气，只能怪天气！”

“我们请求这边不要再放水就行了！”

“水是一个活动东西，它自己会流，那是无办法的事情！”

张师爷就说：“这边昨天掘沟，故意把水灌过去。”

那人有点生气神气了，“什么故意灌你们。莫非这样一来，还会变成谋财害命的大事不成？”

那人一眼望到巡警了，又对着巡警冷笑着说：“这算什么事情？谋财害命，可不是一件小事情，你们区里会晓得的！杨巡官前天到这儿来，和我们监督喝茅台酒，就说……”

祖贵皱着眉头截断了那人的言语：“怎么啦！我们不是来此放赖的，先生。我们请你们这里派人去看看。这里有的是人，只要去看看，就明白我们的意思了。这位巡警是我们请来的，杨巡官到不到这里不是我们的事情。我们要的是公道，不要别的！”

“什么是公道！厂里并没有对你们不公道！”

“我们说，不能放水灌我们的房子，就只这一件事，很不公道。”

“谁打量灌你们的房子？”

“不是想不想，不是有意无意，你不要说那种看不起我们的刻薄话。我们都很穷，当然不是谋财害命。我们可不会诬赖人。你们自然不是谋财害命的人，可是不应该使我们在那点点小地方也站不住脚！”

代表中另一个就撅着嘴说：“我们缴了租钱，每月都缴，一个不能短少！”

“你租钱缴给谁？”

“缴给谁吗？……”那人因无话可说，嗫嚅着，望到祖贵。

那长衣人说：“这租钱又不是我姓某的得到，你们同区里说好了！”

祖贵十分厌烦的说：“喂，够了，这话请您驾不要说了。我们不是来同您驾骂娘的，我们来请求你们不要再放水！你们若还愿意知道因为你们昨天掘沟放水出去，使我们那些猪狗窝儿所受的影响，你不妨派个人去看看，你们不高兴作这件事，以为十分麻烦，那一切拉倒。”

那长衣人说：“这原不是我们的事，你们向区里说去，要区里救济好了。”

“我们并不要你们救济，我们只要公道！”

“什么公道不公道？你们去区里说吧。”

祖贵说：“您驾这样子，派人看看也不愿意了，是不是？”

那人因为祖贵的气势凌人，眼睛里估了一个数目，冷冷的说：“代表，你那么凶干吗？”

“你说干吗，难道你要捉我不成？”

“你是故意来捣乱的！”

“怎么，捣乱，你说谁？”这强人十分生气，就想伸手去抓那个人的领子。那人知道自己不是当前一个的对手，便重复的说：“这是捣乱，这是捣乱，”一面赶忙退到水边去。大家用力拉着祖贵，只担心他同厂里人打起架来。

两人忽然吵起来了。因为祖贵声音很高，且想走拢去揍这个办事人一顿，里面听到吵骂，有人匆匆跑出来了。来的是一个胖子，背后还跟得有几个闲人，只问什么事什么事。先前那个人就快快的诉说着，张师爷也乱乱的分辩着。祖贵睨了这新跑出的人一眼，看看身分似乎比先来的人强，以为一定讲道理多了，就走近胖子，指到一群人说：

“这是十三个代表，我们从小街派来的，有一点事到这里来。因为你们这边放水。我们房子全浸水了。我们来请你们这边派一个人同到这位巡士去看看，再请求这边莫再放水过去，这一点点事情罢了。我们不是来这里吵嘴的。”

那人只瞥了祖贵一眼，就把高个儿手中的愿书，拿到眼边看了一下，向原先吵嘴的人问：“就是这一点儿事吗？”那人回答说：“就是这事情。”

胖子装模作样的骂着那人：“这点点事情，也值得让这些乌七八糟的人到公司大门前来大吵大闹，成个什么规矩！”

张师爷说：“我们不是来吵闹，我们来讲道理！”

那胖子极不屑的望到卑琐的上士身上那件脏军衣，正要说“什么道理”这样一句话，祖贵一把拉开了上士，“我们要说明白，这里是一位见证，”说时他指到区里随来的一位巡警，“他见到我们一切行为，他亲眼看到！”

那胖子向祖贵说：“我听到你们！这里不是你们胡闹

的地方！你们到区里说去！你只管禀告区里。”这人说了就叫站在身旁另一个人，要他取一个片子，跟这些人到区里去见区长。一面回过头来问那个巡警：“杨巡官下班了没有？”显然的，是要这巡警知道站在面前同他说话的人，是同他们上司有交情，同时且带得有要那班代表听明白的意思。接着又告给先前那个高人，不要同他们再吵。

祖贵只是冷笑，等那胖子铺排完了，就说：“这是怎么？你们这样对付我们，这就是你们的道理！上区里打官事，决定了没有？”

那胖子不理不睬，自己走进去了。大家都不知道怎么说好，互相对望着。

张师爷想走过去说话，祖贵把这上士领口拉着，朝门外一送，向大家扫了一眼：“走，妈的！咱们回去！什么都不要说了！不要公道！”

大家见到祖贵已走，都怯怯的，无可奈何的，跟到背后走了。

一出了大门，张师爷就嚷着，聊以自慰的神气说着各种气愤大话，要报仇，要烧房子，要这样那样。可是大家都知道这是他的脾气，绝对不会做出这种吓人的事情。到了小街时，女人中有人望到区里巡警，跟着在后面来的，就问祖贵，是不是要请巡警挨家去看看。祖贵把代表打发走了，同张师爷带了巡警各处去看看，一句话不说，看了一阵，那巡警就回区里回话去了。

请愿的事很明白是完全失败了。大家都耽搁了半天事情。妇人回到家里，看看屋中的水，似乎又长多了一点。走到屋后去看看，屋后昨天大家合挖的那条沟，把水虽然挡住了，可是若果今天厂里再放水，就完全无用了。四容那时已睡着了。本来今天预备买药，这时看看四容睡得很好，又打量不买药，留下钱来作别的用处。因为屋中水太多，作什么事都不方便，这妇人就想找个什么东西，把水舀去，再撒点灰土，一定好点。各处找寻的结果，得了一块旧镔铁皮，便蹲到门前把水舀着。做了半天，脚也蹲木了，还似乎不行。后来有人来到，站到门前告她，张师爷还想到区里去要求公道，祖贵要打他，两人现在正吵着。还说早上全是师爷出的主意，向那些人请什么愿，祖贵始终就不大赞同，只说大家齐心来挖一条大沟到城边去，水就不会再过来了。……

妇人因为四容的病好象很有了一点儿转机，夜间她就仍然打量到所得的那五毛钱，是不是必须要照到医生所说的话，拿去买药。又想天气快冷了，四容病一好，同师傅上街做生意，身上也得穿厚一点。同时记起日里同祖贵他们到厂里吵架情形，总迷迷糊糊睡得不大好，做了一些怪梦，梦到许多对待穷人不合理的希奇事情，且似乎同谁吵了半天，赌了许多咒，总永远分解不清楚。

不知如何，妇人忽然惊醒了，就听到有人在屋后水荡边乱嚷乱叫。起先当是水涨大了，什么人家小屋被水浸透弄坍了，心里忡忡的，以为无论在什么时候，自己头上这一块房顶，也一定会猛然坍下来，把自己同四容压在下面。这时悄悄的伸手去捏四容的脚，四容恰恰也醒了，问到他妈，是谁在喊叫。只听到门前有人踹水跑过去，哗哗的响着。随后又是两个人踹水跑过去。于是听到远处声音很乱，且夹杂有狗叫，有别的声音，正似乎出了什么大事一样。妇人心里想：难道涨大水了吗？又想，莫非是什么人家失了火吧？爬起一看，屋角都为另一种光映照得亮堂堂的，可不正是失火！这时别一个人家也有人起身了，且有人在门前说话。妇人慌慌张张，披了衣服，顾不到屋中的水，赤了脚去开门，同那些正在说话的人搭话，问是什么地方。

那时天已经发白了，起来的人多了。许多人都向厂里那方面街上跑去。只听人说失了火失了火，各人都糊里胡涂，不知道究竟在什么地方，什么人家。只见天的一边发着红光，仿佛平常日头出来的气派，看来很近，其实还隔得很远。大家都估计着，无论如何也是在后街那一方面。天空大堆大堆的火焰向上卷去，那时正有一点儿风，风卷着火，摧拉着，毁灭着，夹杂着一切声音。妇人毫无目的也跟着别的人向起火的那方面走去，想明白究竟。路上只听到有向回头走的人，说是花园起了火。又说所有的犯人都逃走了。又说衙门的守备队，把后街每一条街口都守着了，不让一个人过去，过去就杀，已有四个人被杀掉了。

妇人一面走一面心里划算，这可糟了，七叔一家莫会完全烧死了！她心里十分着急，因为在花园那一方面，她还放的有些小债，这些债是预备四容讨媳妇用的。狱里起了火，人都烧死了，这些帐目自然也全完了。

再走过去一点，跑回来的人都说，不能过去了，那边路口已有人把守，谁也不能通过，争着过去说不定就开枪。因此许多怀了好奇心同怀了其他希望的闲人，都扫了兴。有些在先很高兴走出门的，这时记起自己门还未关好，妇人们记起家中出痘疹的儿子，上年纪的想起了自己的腰脊骨风痛，络绎走来，又陆续的回去了。虽然听到说不能通过仍然想走到尽头看看的，还有不少人。妇人同这些人就涌近去花园不远的花园前街弄口，挤过许多人前面去，才看到守备队把枪都上了刺刀，横撇着在手上，不许人冲过去，街上只见许多人搬着东西奔走，许多挑水的人匆匆忙忙的跑。但因为地方较近，街又转了弯，反而不明白火在什么地方了。

不知是谁，找得了道士做法事用的铜锣，胡乱的在街上敲着，一直向守备队方面冲过来，向小街奔去，一面走一面尽喊，“挑水去，挑水去，一百钱担，一百钱担！”听到这话，许多人知道发财的时候快到了，都忙着跑回去找水桶，大家拥挤着，践踏着，且同时追随到这打锣人身后跑着吼着，纷乱得不能想象。

妇人仍然站到墙下看这些人。看了一会儿，见有人挑水来，守备兵让他过去了。她心里挂着七叔家几个小孩子，不知火烧出街了有多远，前街房子是不是也着了火，就昏昏的也跟挑水的人跑，打量胡混过去。兵士见了却不让她过去，到后大声的嚷着，且用手比着，因为看她是女人，终于得到许可挤过去了。进了前街，才知道火就正是在七叔住处附近燃着，救火人挑了水随便乱倒，泼得满街是水，有些人心里吓慌了，抱了一块木板或一张椅子乱窜。有些人火头还离他家很远，就拿了杠子乱戳屋檐。她慢慢的定拢去了一点，想逼近那边去，一个男子见到了，嘶声的喊着，拉着她往回头路上跑去。也不让她说话，不管她要做些什么事，胡胡涂涂被拉到街口，那为大火所惊吓而发痴的男子却走了。

她仍然是胡胡涂涂，挤出了那条小街。这时离开了火场已很远了，看到有许多妇人守着一点点从烟中火中抢出的行李，坐在街沿恣意的哭泣。看到许多人在搬移东西。一切都毫无秩序，一切都乱七八糟。天已渐渐大明了，且听到有人说火不是从花园起的，狱中现时还不曾着火，烧的全是花园前街的房子。另外又听到兵士也说狱中没有失火，火离狱中还远。她这时似乎才觉得自己是赤着两只脚。忽然想起在此无益，四容在家中会急坏了，就跑回小街屋里去。

四容因为他母亲跑出去了半天，只听到外面人嚷失火，想下地出外看看，地下又全是水，正在十分着急，妇人回来了，天也大亮了。母子两人皆念着七叔一窝小孩，不知是不是全烧死了，还是只留下老的一个。过一会有人从门外过身，一路骂着笑着，声音很象祖贵，妇人就隔了门忙喊祖贵。跑出去看，就正看到那强徒。头上包了一块帕头，全身湿漉漉灰甫甫的，脸上也全是烟子，失去了原来的人形。耳边还有一线血，沿脸颊一直流下。一望而知，这个人是才从失火那边救火回来的。

妇人说："祖贵你伤了！"

那男子就笑着，"什么伤了病了，你们女人就是这样的，出不了一点儿事。"

"烧了多少呢？还在烧吗？"

"不要紧，不再会烧了。"

"我想打听一下，管监里送饭的秃头七叔家里怎么了？"

"完了，从宋家烟馆起，一直到边街第四弄财神庙，全完事了。"

“哎哟，要命！”妇人低声的嚷着，也不再听结果，一返身回到自己屋里，就在水中套上那两只破鞋，嘱咐了四容不许下床，就出门向失火前街跑去。祖贵本来已走过去，快要进他自己屋子，见妇人出来，知道她一定是去找熟人了，就喊叫妇人，告给她，要找谁，可以到岳庙去，许多人逃出来都坐在岳庙两廊下。

到了岳庙门前，一个人从人丛中挤出拉着她膀子，原来正是秃头七叔。秃头带她过去一点，看到几个孩子都躺在一堆棉絮上发痴，较小的一个已因为过分疲倦睡着了。

妇人安心了。“哎哟，天保佑，我以为你们烧成炭了。”

那秃头乱了半天，把一点铺陈行李同几个孩子从烟里抱出来，自己一切东西都烧掉了，还发痴似的极力帮助别人抢救物件，照料到那些逃难的女人小孩。天明后，火势已塌下去了，他还不知道，尽来去嚷着，要看热闹的帮忙，尽管喊水，自己又拿了长长的叉子，打别人的屋瓦，且逼到火边去，走到很危险的墙下去，扒那些悬在半空燃着的椽皮。到后经人拉着他，问到他几个孩子是不是救出来了，他才象是憬然明白他所有全烧光了，方赶忙跑回岳庙去看孩子。这时见到妇人关心的神气，反而笑了。秃头说：

“真是天保佑，都还是活的。可是我屯的那点米，同那些……”

这时旁边一堆絮里一个妇人，忽然幽幽的哭起来了，原来手上抱着的孩子，刚出痘疹免浆，因骤然火起一吓，跑出来又为风一吹，孩子这时抱在手中断气了。许多原来哭了多久的，因惊吓而发了痴的，为这一哭都给楞着了。大家都呆呆望着这妇人，俨然忘了自己的一身所遭遇的不幸。

妇人认得她是花园前街铜匠的女人，因走过去看看，怯怯的摸了一下那搁在铜匠妇人手上的孩子：“周氏，一切是命，算了，你铜匠？”

另外一个人就替铜匠妇人说：“铜匠过江口好些日子了，后天才会回来。”

又是另外一个人却争着说：“铜匠昨天回来了，现在还忙着挑水，帮别人救房子。”

又一个说：“浇一百石水也是空的，全烧掉了！”这人一面说，一面想起自己失掉了的六岁女儿，呱的就哭了，站起来就跑出去了。另外的人都望到这妇人后身摇着头，（重新记起自己的遭遇），叹息着，诅咒着，埋怨着。

旋即有一个男子，从岳庙门前匆匆跑过去，有一女人见到了，认得是那个铜匠，就锐声喊着“铜匠师傅”，那男人就进来了。那年青男子头上似乎受了点伤，用布扎着，布也浸湿了。铜匠妇人见了丈夫，把死去了的小孩交给他，象小孩子一样纵横的流泪，铜匠见了，生气似的皱着眉头。“死了就算事，你哭什么？”妇人象是深怕铜匠会把小孩掷去，忙又把尸身抢过来，坐在一破絮上，低下头兀自流泪。

那时有人看到这样子，送了一些纸钱过来，为在面前燃着。

铜匠把地下当路的一个破碗捡拾了一下，又想走去，旁边就有一个妇人说：“铜匠，你哄哄周氏，要她莫哭。你得讨一副匣子，把小东西装好才是事！”

四容的妈忙自告奋勇说：“我帮你去讨匣子，我这就去。”说着，又走到秃头七叔几个小孩子身旁，在那肮脏小脸上，很亲切的各拍了一下，就匆匆的走了。

到善堂时无一个人，管事的还不曾来，守门的又看热闹去了，就坐在大门前那张长凳上等候。等了多久，守门的回来了，说一定得管事的打条子，过东兴厚厂子里去领，因为这边已经没有顶小的了。说是就拿一口稍微大一点的也行，但看门的作不了主，仍然一定得等管事先生来。

一会儿，另外又来了两个男子，也似乎才从火场跑来领棺材的，妇人认识其中一个，就问那人“是谁家的孩子”。那人说：“不是一个小孩子，是一个大人大孩子——小街上的张师爷！”

妇人听着吓了一跳：“怎么，是张师爷吗？我前天晚上还看到他同祖贵喝酒，昨天还同祖贵在厂里说话，回来几乎骂了半夜，怎么会死了？”

“你昨天看到，我今天还看到！他救人，救小孩子，救鸡救猫，自己什么都没有，见火起了，手忙脚乱帮到别人助热闹，跑来跑去同疯狗一样。告他不要白跑了，一面骂人一面还指挥！告他不要太勇敢了，就骂人无用。可是不久一砖头就打闷了，抬回去一会儿，喔，完事了。”

那守门的说："那是因为烟馆失火，他不忘恩义，重友谊！"

妇人正要说"天不应当把他弄死"，看到祖贵也匆匆的跑来了，这人一来就问管事的来了没有，守门的告他还没来。他望到妇人，问妇人见不见到秃头，妇人问他来做什么，才晓得他也是来为张师爷要棺木的。

妇人说："怎么张师爷这样一个好人，会死得这样快？"

那强硬的人说："怎么这样一个人不死的这样快？"

妇人说；"天不应当——"

那强硬的人扁了一下嘴唇，"天不应当的多着咧。"因为提到这些，心里有点暴躁，随又向守门人说："大爷，你去请管事的快来才好！还有你们这里那个瘦个儿，不是住在这里吗？"

那守门的不即作答，先来的两个人中一个就说："祖贵，你回去看看吧，区长派人来验看，你会说话点，要回话！我们就在这儿等候吧。"

"区长派人来看，管他妈的，若是区长自己来看，张师爷他会爬起来，笑眯眯的告他的伤处，因为他们要好，死了也会重生！若是派人来，让他看去，他们不会疑心我们谋财害命！”

这人虽然那么说着，可是仍然先走了。妇人心想，“这人十砖头也打不死，”想着不由得不苦笑。

又等了许久，善堂管事的才来了，一面进来，一面拍着肚子同一个生意人说到这一场大火的事情。在那一边他就听到打死一个姓张的事情了，所以一见有人在此等候。说是为那死人领棺木，就要守门的去后殿看，一面开他那厢房的办事处的门，一面问来领棺木的人，死人叫什么名字，多大年岁，住什么地方。其中一个就说：“名字叫张师爷。”

想不到那管事的就姓章，所以很不平的问着：“怎么，谁是什么张师爷李师爷？”

那人就说：“大家都叫他作张师爷。”

管事的于是当真生气了，“这里的棺材就没有为什么师爷预备的，一片手掌大的板子也没有！你同保甲去说吧。我们这里不办师爷的差，这是为贫穷人做善事的机关！”

这管事因为生气了，到后还说：“你要他自己来吧，我要见见这师爷！”

那陪同善堂管事来的商人，明白是“师爷”两个字，触犯了活的师爷的忌讳了，就从旁打圆场说：“不是那么说，他们一定弄不明白。大家因为常常要这个人写点信，做点笔墨事情，所以都师爷师爷的叫他。您就写张三领棺材一口得了，写李四也行，这人活时是一个又随便又洒脱的人，死了也应是一个和气的鬼，不会在死后不承认用一个张三名义领一副匣子的！”

管事经此一说，就什么话也不能说了，只好翻开簿子，打开墨盒，从他那一排三支的笔架上，抓了他那小绿颖花杆尖笔记帐。到后就轮到四容的妈来了，一问到这妇人，死的是一岁的孩子，那管事就偏过头去，很为难似的把头左右摆着，说这边剩下几副棺材，全不是为这种小孩预备的。又自言自语的说，小孩子顶好还是到什么地方去找一提篮，提出去，又轻松，又方便。妇人听到这管事代出主意，又求了一阵，仍然说一时没有小棺材。心中苦辣辣的，不敢再说什么，只好走回岳庙去报告这件事情。

到了岳庙，铜匠妇人已不哭了，两夫妇已把小孩尸身收拾停妥了，只等候到棺木，听妇人说善堂不肯作这好事，铜匠就说：“不要了，等会儿抱去埋了就完了。”可是他那女人听到这话，正吃到米粉，就又哭了。

妇人见秃头已无住处了，本想要几个孩子到她家去，又恐怕四容的病害了人家的孩子，不好启齿，就只问秃头七叔，预备就在这庙里还是过别处去。秃头七叔说等一会要到花园去看，那边看守所有间房子，所长许他搬，他就搬过去，不许搬，就住到这廊下，大家人多也很热闹。妇人因为一面还挂到家中四容，就回去了。到了家里，想起死了的张师爷，活时人很好，就走过去看看。他那尸身区里人已来验看过了，熟人已把他抬进棺木去了。所谓棺木，就是四块毛板拼了两头的一个长匣子，因为这匣子短了一点，只好把这英雄的腿膝略略曲着。旁边站了一些人，都悄悄静静的不说话。那时祖贵正在那里用钉锤敲打四角，从那个空罅，还看到这个上士的一角破旧军服。这棺木是露天摆在那水荡边的，前面不知谁焚了一小堆纸钱，还有火在那里燃着。棺木头上摆了一个缺碗，里面照规矩装上一个煎鸡子，一点水饭。当祖贵把棺木四隅钉好，抬起头来时，望到大家却可怜的笑着。他站在当中，把另外几个人拉在一块，编成一排，对到那搁在卑湿地上的白木匣子。

“来，这个体面人物完事了，大家同他打一个招呼。我的师爷，好好的躺下去，让肥蛆来收拾你。不要出来吓我们的小孩子，也不要再来同我们说你那做上士时上司看得起你的故事了，也不要再来同我争到会钞了，也不必再来帮我们出主意了，也不必尽想帮助别人，自己却常常挨饿了。如今你是同别人一样，不必说话，不必吃饭，也不必为朋友熟人当差，总而言之叫作完事了！”

这样说着，这硬汉也仍然不免为悲哀把喉咙扼住了，就不再说什么，只擤擤鼻子，挺挺腰肢，走到水边去了。大家当此情形都觉得有点悲惨，但大家却互相望着，不知道该说点什么，慢慢的就都散去了。

妇人看看水荡的水已消去很多，大致救火的人，已从这地方挑了很多的水去了。她记起自己住处的情形，就赶回去，仍然蹲到屋中，用那块镔铁皮舀地下的水，舀了半天把水居然舀尽了，又到空灶里撮了些草灰，将灰撒到湿的地上去。

下午妇人又跑岳庙去，看看有些人已把东西搬走了，有些人却就到廊下摊开了铺陈，用席子隔开自己所占据的一点地方，大有预备长久住下的样子。还有些人已在平地支了锅灶，煮饭炒菜，一家人蹲到地下等待吃饭。那铜匠一家已不知移到什么地方去了。秃头七叔正在运东西过花园新找的那住处去。妇人就为他提了些家伙，伴着三个孩子一同过花园去。把秃头住处铺排了一下，又为那些犯人买了些东西，缝补了些东西，且同那些人说了一会这场大火发生的种种。大家都听到牢狱后面教场上有猪叫，知道本街赶明儿谢火神一定又要杀猪，凡是救火的都有一份猪肉，就有人托妇人回去时，向那些分得了肉却舍不得吃的人家，把钱收买那些肉，明早送到花园这边来。

妇人回去时，天又快夜了。远远的就听到打锣，以为一定是失火那边他们记起了这个好人，为了救助别人的失火而死，有人帮张师爷叫了道士起水开路了，一面走着一面还心里想，这个人死得还排场，死后还能那么热闹。且悬想到若果不是那边有人想起这件事，就一定是祖贵闹来的。可是再过去一点，才晓得一切全估计错了，原来打锣的还隔得远啦。妇人站到屋后望着，水荡边的白木匣子，在黑暗里还剩有一个轮廓，水面微微的放着光，冷清极了，那里一个人也没有！

她站了一会儿，想起死人的样子，想起白天祖贵说的话，打了一个冷噤，悄悄的溜进自己屋子里去了。

一九三二年一月作毕

节日

落了一点小雨，天上灰濛濛的，这个中秋的晚上，在 × 城已失去了中秋的意义。

一切皆有点朦胧，一切皆显得寂寞。

街道墙角的转折处，城市里每人的心中，似乎皆为这点雨弄得模糊暗淡，毫无生气。

城中各处商人铺子里，仍然有稀稀疏疏的锣鼓声音，人家院落里有断续鞭炮声音，临河楼上有箫笛声音，每一家也皆有笑语声音。这些声音在细雨寒风里混合成一片，带有忧郁的节日情调，飘扬到一个围墙附近时，已微弱无力，模模糊糊，不能辨别它来处方向了。

雨还在落。因为围墙附近地方的寂静，雨俨然较大了一些。

围墙内就是被×城人长远以来称为“花园”的牢狱。往些年分地方还保留了一种习惯，把活人放在一个木笼里站死示众时，花园门前曾经安置过八个木笼。看被站死人有一个雅致的称号，名为“观花”。站笼本身也似乎是一个花瓶，因此×城人就叫这地方为“花园”。现在这花园多年来已经有名无实，捉来的乡下人，要杀的，多数剥了衣服很潇洒方便的牵到城外去砍头，木笼因为无用，早已不知去向，故地方虽仍然称为花园，渐渐的也无人明白这称呼的意义了。

花园里容纳了一百左右的犯人，同关鸡一样，把他们混合的关在一处。这些从各个乡村各种案件里捕捉来的愚蠢东西，多数是那么老实，那么瘦弱，糊里胡涂的到了这个地方，拥挤在一处打发着命里注定的每个日子。有些等候家中的罚款，有些等候衙门的死刑宣布，在等候中，人还是什么也不明白，只看到日影上墙，黄昏后黑暗如何占领屋角，吃一点粗糙囚粮，遇闹监时就拉出来，各趴伏到粗石板的廊道上，卸下了裤子，露出一个肮脏的屁股，挨那么二十三十板子。打完了，爬起来向座上那一个胡子磕一个头，算是谢恩，仍然又回到原来地方去等候。

牢里先是将整个院落分成四部，各处用大木柱作成的栅栏隔开。白日里犯人可以各处走动，到了晚上，典狱官进牢收封点名时，犯人排成一队站好，典狱官拿了厚厚的一本点名册，禁卒肩上搭了若干副分量不等的脚镣手梏，重要的，到时把人加上镣梏，再把铁锁锁定到木栅栏柱旁一个可以上下移动的铁环上，其余则各自归号向预定的草里一滚，事情就已完毕，典狱官同禁卒便走去了。此后就是老犯来处置新犯，用各样刑罚敲诈钱财的时候了。这种风气原是多年以来就养成了的。到后来，忽然有一天，许多乡下人在典狱官进监以后，把典狱官捆着重重的殴打了一顿，逃跑了一些犯人。因此一来，这狱里就有了一种改革。院中重新在各处用铁条隔开，把院中天井留出了一段空地，每日除了早上点名出恭时，各犯人能到院中一次以外，其余时节所有犯人皆各在自己所定下的号内住下，互相分隔起来。院中空地留为典狱官进监点名收号来去的道路，从此典狱官危险也少了。新的改革产生一种新的秩序，铁条门作好后，犯人们皆重新按名编号，重新按名发给囚粮，另外也用了一种新的规矩，就是出了一点小事时，按名加以鞭打。因为新的管狱方法不同了一点，管狱员半夜里还可以来狱中巡视，老犯的私自行刑事情也随同过去制度消灭了。

新狱规初初实行时，每一个犯人在每天早上皆应在甬道上排队点名，再鱼贯而行依次到那个毛房去出恭，再各归各号。大多数犯人是乡下农民，不习惯这件事，因此到时总大家挤着推着，互相望着同伴微笑，有镣梏的且得临时把它解开，所以觉得非常新奇有趣。到后久一点，也就十分习惯自然了。

这狱中也如同别的地方别的监狱一样，放了一批，杀了一批，随即又会加上一批新来的人。大家毫无作为的被关闭到这一个地方，每日除了经过特许的老犯，可以打点草鞋以外，其余人什么事也不作，就只望到天井的阳光推移，明暗交替打发掉每一个飘然而来倏然而逝其长无尽的日子。

所有被拘留的人皆用命运作为这无妄之灾的注释。什么人被带去过堂了，什么人被打了，什么人释放了，什么人恭喜发财牵去杀头了，别的人皆似乎并不十分关心，看得极其自然。

每天有新来的人，这种人一看就可以明白，照例衣服干净一点，神气显得慌张焦灼，一听到提人时就手足无措，白天无事，日子太长，就坐到自己草荐上，低下头一句话不说，想念家中那些亲人同所有的六畜什物，想到什么难受起来时，就幽幽的哭着，听人说到提去的什么人要杀头时，脸儿吓得焦黄，全身发抖，且走过去攀了铁条痴痴的望着。坐牢狱稍久一点，人就变愚呆了，同畜生差不多，没有这种神经敏锐了。

老犯自由行刑的权利，虽因为制度的改革，完全失去，可是到底因为是老犯，在狱里买酒买肉，生活得还是从从容容。狱里发生什么小争持时，执行调解的也总是这一类人。

老犯同城市中的犯人，常常酗酒闹事，互相殴打，每到这种事件发生时，新来的乡下犯人，多吓怕得极其厉害，各自远远的靠墙根躺着，盼望莫误打到身边来。结果则狱吏进来，问讯是谁吵闹，照例吵闹的不肯说出，不吵闹的谁也不敢说出，于是狱吏的鞭子，在每人身上抽一两下，算是大家应得的待遇。

因为过节的习惯，在 × 城还好好的存在，故在这种地方，犯人们也照例得到了些过节的好处。各人把那从上面发下来的一片肥肉，放在糙米饭团上，囫囵吃下后，各人皆望到天空的黄昏雨景，听到远处的各种市声，等候狱官来收封点名。到后收号的来了，因为过节，狱官们的团圆酒还喝得不够量，马马虎虎的查看了一下，吩咐了几句照例的话，就走去了。

到了二更左右，有些人皆蜷成一团卧在稻草里睡着了，有些人还默默的思索到花园外边的家中节日光景，有些人不知道为什么原因，忽然吵闹了起来了。先是各人还各自占据到一个角隅里，在黑暗中互相辱骂，到后越说越纷乱不清，一个抛了一只草鞋过去，另一个就抛了一件别的东西过来。再到后来，两个人中有一个爬了起来赶过去理论，两个人即刻就在黑影里厮打起来了。

只听到肉与肉撞触的钝声，拳头同别的东西相碰的声音，木头，瓶子，镔铁锅，以及其他抛掷的声音。骨节戛戛发声，喘息，辱骂，同兽类咬牙切齿时那种相似沉默的挣扎，继续着，不知在什么时节才可以告一段落。显然的，这里也有一些人，为了这个节日喝了不少酽洌的烧酒，被烧酒醉倒，发生着同别的世界也会同样发生的事情了。

两个醉醺醺的犯人在一个角隅里翻天覆地的扑斗时，一时节旁边事外的人皆不说话。只听到一个卷着舌头的人，一面喘息一面辱骂：

“× 你的娘，你以为我对不起你。婆娘们算个什么？婆娘们算个什么？……”

似乎这个人正被压在下层，故话还在说着，却因为被人压定，且被人嘴边打了一拳，后来的话就含糊不清了。

另外黑暗一隅有上了点年纪的人喊着：“四平，四平，不要打出人命，放清醒点！”

又有人说：“打死一个就好了。打死一个，另一个顶命，这里就清静了。”

又有人说：“管事的头儿快来了，各人四十板，今天过节，我们不能为你们带累领这种赏！”

还有人为别的事说别的话，似乎毫不注意身边附近殴打的。

说话的多是据守屋角没有酒喝的人物。在狱中喝酒是有阶级身分的。

一会儿，只听到一种钝声，一个人哎的喊了半个字，随后是一个打草鞋用的木榔槌，远远的摔到墙边铁条上复落在院子中的声音。于是一切忽然静寂了。

两人中有一个被打晕了。

于是就听到有人挣扎着，且一面含含糊糊的骂着：

“× 你的娘，你以为我对不起你。婆娘们算个什么？要你莫扼喉咙你不相信，你个杂种，一下子就相信了。你个杂种。……让开一点，你个杂种。”

这仍然是那个卷舌头醉鬼说话的声音。名为四平的醉鬼，这时还压在他的身上，可是因为已经被那一榔槌敲晕了，这压在下面的醉鬼，推了一阵，挣扎了一阵，总仍然爬不起来，一面还是骂着各样丑话粗话，一面就胡胡涂涂，把脸贴在湿霉的砖地上睡着了。

稍静寂一会。

黑暗中许多人又说话了。大家推论着。

“打死了一个。下面那个打死上面那个了。”

“四平打不死的，若打死，早在堂上被夹板折磨断气了。”

“一个晕了，一个睡了。”

“杂种！成天骂杂种，自己就是杂种！”

“把烧酒放烟头的才真是杂种！”

“轻说点，酒店老板阎王来了。”

各处有嘘嘘的声音，各处在传递知会，有些犯人就了悬在院中甬道上油灯的微弱灯光，蹲着在地面下田字棋，有些做别的事情，怕管事一来知道，皆从这知会中得到了消息，各人就躺在原来所据的地面草堆里，装成各已安睡的样子，让管事的在门外用灯照照，且用长杆子随意触撞一两个草堆里那一团东西，看看是不是还在那里。管事的一切照例的作着，一面照例的骂着许多丑话，一面听着这些丑话，于是这人看看甬道上的油灯，检查一下各个铁门上的锁钥，皮靴橐橐的又走了。

当真阎王来了。

一个大眉、大眼、方脸、光头，肥厚的下颏生了一部络腮胡子，身高六尺的人物，手上拿了一个电筒，一根长长的铁杖，踉踉跄跄的走过来，另外一个老年人提了一盏桅灯，似乎也喝了一杯，走路时见得摇摇晃晃。提灯的虽先开了门，到里面甬道时却走在后面一点，因为照规矩阎王应走在前头。

这人在外边开了一个酒铺，让靠近西城下等人皆为他那种加有草烟头的烧酒醉倒，也让这烧酒从一些人手中巧妙的偷运送到狱中来，因此就发了一点小财。照 ×× 当地风气，一切官吏的位置皆可以花钱买得，这人为了自己坐过一阵监狱，受过了一些鞭笞，故买了一个管狱位置。这人作官以后，每每喝了一肚子自己所酿的烧酒，就跑到这地方来巡查，乘了酒性严厉的执行他的职务，随意的鞭打其中任何一个人。有时发现了一些小小危险东西，或是一把发锈的小刀，或一根铁条，或一枚稍大的钉子，追究不出这物件的主人时，就把每人各打二十下，才悻悻的拿了那点东西走去。

这人的行为似乎只是在支取一种多年以前痛苦的子息，× 城人是重在复仇的，他就在一切犯人的身上，索回多年以前他所忍受那点痛苦。

阎王来时，大家皆装睡着了。各处有假装的鼾声，各人皆希望自己可以侥幸逃避一次灾难。

这人把电筒扬起，各处照了一下，且把铁条从铁栏外伸过去，向一个草堆里戳了几下，被戳的微微一动，这人便笑着，再用力戳了一下。

“该死的，你并不睡，你并不睡。你装睡，你在想你的家中，想月亮，想酒喝。你是抢犯，你正在想你过去到山坳里剥人衣服的情形。……不要想这些，明天就得割你的头颅，把你这个会做梦的大头漩到田中去，让野猪吃你！”

那个缩在草堆里成一团的乡下人，一点不明白他所说的意思，只是吓得把鼻头深深的埋到草里，气也不敢向外放出，尽铁条戳了两下，又在臀部脊部各打击了两下，也仍然不作声。难关过去了，因为这铁条又戳到第二个人身上去了。

第二个又被骂“把头丢到田里”，又被重重的敲打两下。

如此依次下去，似乎每一个人皆不免挨两下。

大家皆知道阎王今天一定多喝了两杯，因为若不多喝两杯酒，查验不会如此苛刻。还没有被殴打辱骂的，皆轻轻的移动了卧处的地位，极力向墙边缩进去，把头部向墙边隐藏，把臀部迎向那铁条所及一面，预备受戳受打。

到第五个时，那先前一时互相殴打，现在业已毫无知觉重叠在一堆的两个醉人便被阎王发现了。

阎王用电筒照了一下，把铁条在上面那个人身上戳了一下。

“狗 × 的。你做什么压到别人身上？你不是狗，你是猪。我知道你们正在打架，我听到吵闹的声音。你见我来了，来不及分开，就装成吃醉了睡觉的样子，狗 × 的，你装得好。”

一、二、三、四……

这人一面胡胡乱乱的算着数目，一面隔了铁条门，尽是把那个压在上面失了知觉的犯人用力打着，到了四十后又重新再从一、二、三、四算下去。

打了一阵还是不见有什么声息。

其余的人皆知道那是永远打不醒了的，但谁也不敢作声。

跟同阎王来的老狱卒，把灯提得高高的照着，看看尽打不醒，觉得这样打下去也无什么意思了，就说：

“大老，他醉了，今天过节。一定醉了，算了吧。”

阎王把老狱卒手中的灯抢过手来，详详细细照了一下老狱卒的面孔。

“你这家伙说什么。你以为我不知道吗？你以为我不明白他们送你的节礼吗？好，今天过节，既然醉了，多打两下不会痛楚的，再打十下，留五十明天再说。”

一、二、三、四打了十下。不行，又一、二、三、四打了十下。

第六个刚被戳了一下时，老狱卒在旁边又说话了。

“大老，你不要再打他们，你也打累了，明天一总算帐吧。”

“明天算帐，明天算帐，明天加一倍算帐！”

阎王一面说一面又抢了老狱卒手中的灯，照了老狱卒的面孔一会，似乎想认清楚说话的人是不是这个人。口中哼哼的，仍然在那第六个的犯人身上重重的戳了一下，打了一下，才离开了铁栅栏，站到甬道中央去，大声的骂着一个已经绞死了多年的老犯人名字。

阎王走了，只听到外面牢门落锁的声音，又听到不知为什么原因，在外边大声骂人的声音，但不久一切就平静了，毫无声音了。

黑暗中有人骂娘的声音，有逃过了这种灾难，快乐得纵声大笑的声音，有摹仿了先前管狱人的腔调来说话的，

“妈的个东西，刀砍的，绳子绞的，妈的个东

西。……”

有人同鬼一样咕咕的笑着。

有人嘶了个嗓子说着。

“你妈的，你上天去，你那个有毒的烧酒终有一天会打发你上天去的！”

远远的，什么地方响了一声枪，又随即响了两声。

大家睡了。大家皆知道烧酒已经把狱官打倒，今天不会再挨打了。

半夜里有人爬起走向栅栏角上撒尿的，跌倒到两个重叠在一处的醉鬼身旁，摸摸两个人的鼻子，皆冷冷的已经毫无热气。这人尿也不敢撒了，赶忙回去蜷卧在自己的草窠里，拟想到明天早上一定有人用门板抬人出去，一共得抬两次。这是一个新来花园不久的乡下人，还不明白花园的规矩，在狱中瘐毙的，是应得从墙洞里倒拖出去的。

城中一切皆睡着了，只有这样一个人，缩成一团的卧在草里，想着身旁的死人，听着城外的狼嗥。

× 城是多狼的，因为小孩子的大量死亡，衙门中每天杀人，狼的食料就从不如穷人的食料那么贫乏难得。

黄 昏

雷雨过后，屋檐口每一个瓦槽还残留了一些断续的点滴，天空的雨已经不至于再落，时间也快要夜了。

日头将落下那一边天空，还剩有无数云彩，这些云彩阻拦了日头，却为日头的光烘出炫目美丽的颜色。这一边，有一些云彩镶了金边、白边、玛瑙边、淡紫边，如都市中妇人的衣缘，精致而又华丽。云彩无色不备，在空中以一种魔术师的手法，不断的在流动变化。空气因为雨后而澄清，一切景色皆如一人久病新瘥的神气。

这些美丽天空是南方的五月所最容易遇见的，在这天空下面的城市，常常是崩颓衰落的城市。由于国内连年的兵乱，由于各处种五谷的地面都成了荒田，加之毒物的普遍移植，农村经济因而就宣告了整个破产，各处大小乡村皆显得贫穷和萧条，一切大小城市则皆在腐烂，在灭亡。

一个位置在长江中部 × 省 × 地邑的某一县，小小的石头城里，城北一角，傍近城墙附近一带边街上人家，照习惯样子，到了这时节，各个人家黑黑的屋脊上小小的烟囱，都发出湿湿的似乎分量极重的柴烟。这炊烟次第而起，参差不齐，先是仿佛就不大高兴燃好，待到既已燃好，不得不勉强自烟囱跃出时，一出烟囱便无力上扬了。这些炊烟留连于屋脊，徘徊踌躕，团结不散，终于就结成一片，等到黄昏时节，便如帷幕一样，把一切皆包裹到薄雾里去。

×× 地方的城沿，因为一排平房同一座公家建筑，已经使这个地方任何时节都带了一点儿抑郁调子，为了这炊烟，一切变得更抑郁许多了。

这里一座出名公家建筑就是监狱。监狱里关了一些从各处送来不中用的穷人，以及十分老实的农民，如其余任何地方任何监狱一样。与监狱为邻，住的自然是一些穷人。这些穷人的家庭，大都是那么组成：一个男主人，一个女主人，以及一群大小不等的孩子。主人多数是各种仰赖双手挣取每日饭吃的人，其中以木工为多。妇人大致眼睛红红的，脸庞瘦瘦的，如害痨病的样子。孩子则几几乎全部分是生来不养不教，很希奇的活下来，长大以后不作乞丐，就只有去作罪人那种古怪生物。近年来，城市中许多人家死了人时，都只用蒲包同芦席卷去埋葬，棺木也不必需了，木工在这种情形中，生活全陷入不可以想象的凄惨境遇里去。有些不愿当兵不敢作匪又不能作工的，多数跑到城南商埠去做小工，不管什么工作都做，只要可以生活下去就成。有些还守着自己职业不愿改行的，就只整天留在家中，在那些发霉发臭的湿地上，用一把斧头削削这样砍砍那样，把旧木料作成一些简单家具，堆满了一屋，打发那一个接连一个而来无穷尽的灰色日子。妇人们则因为地方习惯，还有几件工作，可以得到一碗饭吃。由于细心，谨慎，耐烦，以及工资特别低廉种种长处，一群妇人还不至于即刻饿死。她们的工作多数是到城东莲子庄去剥点莲蓬，茶叶庄去拣选茶叶，或向一个鞭炮铺，去领取些零数小鞭炮，拿回家来编排炮仗，每一个日子可得一百文或五分钱。小孩子，年龄较大的，不管女孩男孩，也有跟了大人过东城做工，每日挣四十文左右的。只有那些十岁以下的孩子，大多数每日无物可吃，无事可做，皆提了小篮各处走去，只要遇到什么可以用口嚼的，就随手塞到口中去。有些不离开家宅附近的，便在监狱外大积水塘石堤旁，向塘边钓取鳝鱼。这水塘在过去一时，也许还有些用处，单从四围那些坚固而又笨重的石块垒砌的一条长长石堤看来，从它面积地位上看来，都证明这水塘在过去一时，或曾供给了全城人的饮料。但到了如今，南城水井从山中导来了新水源，西城多用河水，这水塘却早已成为藏垢纳污的所在地了。塘水容纳了一切污水脏物，长年积水颜色黑黑的，绿绿的，上面盖了一层厚衣，在太阳下蒸发出一种异常的气味，各方水浅处，天气热时，就从泥底不断的喷涌出一些水泡。

水塘周围石堤罅穴多的是鳝鱼。因为新雨过后，天气凉爽了许多，塘水增加了些由各处汇集而来的雨水，也显得有了点生气。在浊水中过日子的鳝鱼，这时节便多伸出头来，贴近水面，把鼻孔向天呼吸新鲜空气。监狱附近住家的小孩子，于是很兴奋的绕了水塘奔走，全露出异常高兴的神气。他们把从旧扫帚上抽来的细细竹竿，尖端系上一尺来长的麻线，麻线上系了小铁钩，小铁钩钩了些蛤蟆小腿或其他食饵，很方便插到石罅里去后，就静静的坐在旁边看守着。一会儿竹竿极沉重的向下坠去，竹竿有时竟直入水里去了，面前那一个便捞着竹竿，很敏捷的把它用力一拉，一条水蛇一样的东西，便离开水面，在空中蜿蜒不已。把鳝鱼牵出水以后，大家嚷着笑着，争着跑过这一边来看取鳝鱼的大小。有人愿意把这鳝鱼带回家中去，留作家中的晚餐，有人又愿意就地找寻火种，把一些可以燃烧的东西收集起来，在火堆上烧鳝鱼吃。有时鳝鱼太小，或发现了这一条鳝鱼，属于习惯上所说的有毒黑鳝，大家便抽签决定，或大家在混乱中竞争抢夺着，打闹着，以战争来解决这一条鳝鱼所属的主人。直到把这条业已在争夺时弄得半死的鳝鱼，归于最后的一个主人后，这小孩子就用石头把那鳝鱼的头颅捣碎，才提着那东西的尾巴，奋力向塘中掷去，算是完成了钓鱼的工作。

天晚了，那些日里提了篮子，赤了双脚，沿了城墙走去的妇女，到这时节，都陆续回了家。回家途中从菜市过身，就把当天收入，带回些糙米，子盐，辣椒，过了时的瓜菜，以及一点花钱极少便可得到的猪肠牛肚，同一钱不花也可携回的鱼类内脏。每一家烟囱上的炊烟，就为处置这些食物而次第升起了。

因为妇人回了家，小孩子们有玩疲倦了的，都跑回家中去了。

有小孩子从城根跑来，向水塘边钓鱼小孩子嚷着："队伍来提人了，已经到了曲街拐角上，一会儿就要来了。"大家知道兵士来此提人，有热闹可看了，呐一声喊，一阵风似的向监狱衙署外大院子集中冲去，等候队伍来时，欣赏那扛枪兵士的整齐步伐。

监狱里原关了百十个犯人，一部分为欠了点小债，或偷了点小东西，无可奈何犯了法被捉来的平民，大多数却为兵队从各处乡下捉来的农民。驻扎城中的军队，除了征烟苗税的十月较忙，其余日子就本来无事可作，常常由营长连长带了队伍出去，同打猎一样，走到附郭乡下去，碰碰运气随随便便用草绳麻绳，把这些乡下庄稼人捆上一批押解入城，牵到团部去胡乱拷问一阵，再寄顿到这狱中来。或于某种简单的胡涂的问讯中，告了结束，就在一张黄色桂花纸上，由书记照行式写成甘结，把这乡下庄稼汉子两只手涂满了墨汁，强迫按捺到空白处，留下一双手模，算是承认了结上所说的一切，于是当时派队伍就把这人牵出城外空地上砍了。或者这人说话在行一点，还有几个钱，又愿意认罚，后来把罚款缴足，随便找寻一个保人，便又放了。在监狱附近住家的小孩子，除了钓鳝鱼以外，就是当军队派十个二十个弟兄来到监狱提人时，站在那院署空场旁，看那些装模作样的副爷，如何排队走进衙署里，后来就包围了监狱院墙外，等候看犯人外出。犯人提走后，若已经从那些装模作样的兵士方面，看出一点消息，知道一会儿这犯人愚蠢的头颅就得割下时，便又跟了这队伍后面向城中团部走去，在军营外留下来，一直等到犯人上身剥得精光，脸儿青青的，头发乱乱的，张着大口，半昏半死的被几个兵士簇拥而出时，小孩子们就在街头齐声呐喊着一句习惯的口号送行：

“二十年一条好汉，值价一点！”

犯人或者望望这边，也勉强喊一两声撑撑自己场面，或沉默的想到家中小猪小羊，又怕又乱，迷迷糊糊走去。

于是队伍过身了。到后面一点，是一个骑马的副官拿了军中大令，在黑色小公马上战摇摇的掌了黄龙大令也过身了。再后一点，就轮派到这一群小孩子了。这一行队伍大家皆用小跑步向城外出发，从每一条街上走过身时，便吸引了每一条街上的顽童与无事忙的人物。大伙儿到了应当到的地点，展开了一个圈子，留出必需够用的一点空地，兵士们把枪从肩上取下，装上了一排子弹，假作向外预备放的姿势，以为因此一来就不会使犯人逃掉，也不至于为人劫法场。看的人就在较远处围成了一个大圈儿。一切布置妥当后，刽子手从人丛中走出，把刀藏在身背后，走近犯人身边去，很友谊似的拍拍那乡下人的颈项，故意装成从容不迫的神气，同那业已半死的人嘱咐了几句话，口中一面说："不忙，不忙，"随即嚓的一下，那个无辜的头颅，就远远的飞去，发出沉闷而钝重的声音坠到地下了，颈部的血就同小喷泉一样射了出来，身子随即也软软的倒下去，呐喊声起于四隅，犯人同刽子手同样的被人当作英雄看待了。事情完结以后，那位骑马的押队副官，目击世界上已经少了一个恶人，除暴安良的责任已尽，下了一个命令，领带队伍，命令在前面一点儿的号手，吹了得胜回营的洋号缴令去了。看热闹人也慢慢的走开了。小孩们不即走开，他们便留下来等待看到此烧纸哭泣的人，或看人收尸。这些尸首多数是不敢来收的，在一切人散尽以后，小孩子们就挑选了那个污浊肮脏的头颅作戏，先是用来作为一种游戏，到后常常互相扭打起来，终于便让那个气力较弱的人滚跌到血污中去，大家才一哄而散。

今天天气快晚了，又正落过大雨，不象要杀人的样子。

这个时节，那在监狱服务了十七年的狱丁，正赤了双脚在衙署里大堂面前泥水里，用铲子挖掘泥土，打量把积水导引出去。工作了已经好一阵，眼见得毫无效果，又才去解散一把竹扫帚，取出一些竹竿，想用它来扶持那些为暴雨所摧残业已淹卧到水中的向日葵。院落中这时有大部分还皆淹没在水里，这老狱丁从别处讨来的凤仙花，鸡冠花，洋菊同秋葵，以及一些为本地人所珍视的十样锦花，在院中土坪里各据了一畦空地，莫不皆浸在水中。狱丁照料到这样又疏忽了那样，所以作了一会事，看看什么都作不好，就不再作了，只站在大堂房檐下，望天上的晚云。一群窝窝头颜色茸毛未脱的雏鸭，正在花草之间的泥水中，显得很欣悦很放肆的游泳着，在水中扇动小小的肉翅，呀呀的叫嚷，各把小小红嘴巴连头插进水荡中去，后身撅起如一顶小纱帽，其中任何一只小鸭含了一条蚯蚓出水时，其余小鸭便互相争夺不已。

老狱丁正计算到属于一生的一笔账项，数目弄得不大清楚，为了他每个月的薪俸是十二串，这钱分文不动已积下五年，应承受这一笔钱的过房儿子已看好了，自己老衣也看好了，寿木也看好了，他把一切处置得妥当后，却来记忆追想，为什么年轻不结婚。他想起自己在营伍中的荒唐处，想起几个与生活有关白脸长眉的女人，一道回忆的伏流，正流过那衰弱敝旧的心上，眼睛里燃烧了一种青春的湿光。

只听到外边有人喊“立正，稍息”，且有马项铃响，知道是营上来送人提人的，故忙匆匆的踹了水出去，看是什么事情。

军官下了马后，长统皮靴在院子里水中堂堂的走着，一直向衙署里面走去，守卫的岗警立了正，一句话也不敢询问，让这人向侧面闯去，后面跟了十个兵士，狱卒在二门前迎面遇到了军官，又赶忙飞跑进去，向典狱官报告去了。

典狱官是一个在烟灯旁讨生活的人物，这时正赤脚短褂坐在床边，监督公丁蹲在地下煨菜，玄想到种种东方形式的幻梦，狱卒在窗下喊着：

“老爷，老爷，营上来人了！”

这典狱官听到营上来人，可忙着了，拖了鞋就向外跑。

军官在大堂上站定了，用手指弄着马鞭末端的穗组，兵士皆站在檐口前，典狱官把一串长短不一的钥匙从房中取出来，另外又携了一本寄押人犯的账簿，见了军官时就赶忙行礼，笑眯眯的侍候到军官，喊公丁赶快搬凳子倒茶出来。

“大人，要几个？”

军官一句话不说，递给了典狱官一个写了人名的字条，这典狱官就在暮色满堂的衙署大堂上轻轻的念着那个字条，把它看过了，忙说“是的是的”，就首先带路拿了那串钥匙，夹了那本账簿，向侧面牢狱走去。一会儿几个人都在牢狱双重门外站定了。

老狱丁把钥匙套进锁口里去，开了第一道门又开第二道门，门开了，里面已黑黑的，只见远处一些放光的眼睛，同模糊的轮廓，典狱官按着名单喊人。

“赵天保，赵天保，杨守玉，杨守玉，”

有两只放光的眼睛出来了，怯怯的跑过来，自己轻轻的说着“杨守玉，杨守玉，”一句别的话也不说，让兵士拉出去了。典狱官见来了一个，还有一个，又重新喊着姓赵的人名，狱丁也嘶着喉咙帮同喊叫，可是叫了一阵人还是不出来。只听到黑暗里有乡下人口音：

“天保，天保，叫你去，你就去，不要怕，一切是命！”

另外还有人轻轻地说话，大致都劝他出去，因为不出去也是不行的。原来那个被提的人害怕出去，这时正躲在自己所住的一堆草里。这是一种已成习惯的事情，许多乡下人，被拷打过一次，或已招了什么，在狱中住下来，一听到提人叫到自己名姓时，就死也不愿意再出去，一定得一些兵士走进来，横拖竖拉才能把他弄出。这种事在狱中是常有的，军人同狱官也看惯了，狱官这时望了一望军官，军官望了一望兵士，几个人就一拥而进到里面去了。于是黑暗中起了殴打声，喘气声，以及一个因为死命抱着柱子不放，一群七手八脚的动作，抵抗征服的声音。一会儿，便看见一团东西送出去了。典狱官知道事情业已办好，把门一道一道关好，一一的重新加上笨重的铁锁，同军官离开了牢狱，回到大堂，验看了犯人一下，尽了应尽的手续，正想说几句应酬话，谈谈清乡的事情，禁烟的事情，军官努努嘴唇，一队人马重新排队，预备开步走出衙署了。

老狱卒走过那个先是不愿意离开牢狱，被人迫出以后，满脸是血目露凶光的乡下人身边来，“天保，有什么事情没有？”犯人口角全是血，喘息着，望到业已为落日烧红的天边，仿佛想得很远很远，一句话一个表示都没有。另外一个乡下人样子，老老实实的，却告给狱吏：

“大爷，我砦上人来时，请你告诉他们，我去了，只请他们帮我还村中漆匠五百钱，我应当还他这笔钱。……”

于是队伍堂堂的走去了。典狱官同狱卒送出大门，站到门外照墙边，看军官上了马，看他们从泥水里走去。在门外业已等候了许久的小孩子们，也有想跟了走去，却为家中唤着不许跟去，只少数留在家中也无晚饭可吃的小孩，仍然很高兴的跟着跑去。天上一角全红了，典狱官望到天空，狱卒也望天空，一切是那么美丽而静穆。一个公丁正搬了高凳子来，把装满了菜油的小灯，搁到衙署大门前悬挂的门灯上去。大门口全是泥泞，凳子因为在泥泞中摇晃不定，典狱官见着时正喊：

“小心一点！小心一点！”

虽然那么嘱咐，可是到后凳子仍然翻倒了，人跌到地下去，灯也跌到地下了。灯油溅泼了一地，那人就坐在油里不知如何是好。典狱官心中正有一点儿不满意适间那军官的神气，就大声说：

“我告诉你小心一点，比营上火夫还粗卤，真混账！”

小孩子们没有散尽的，为这件事全聚集了拢来。

岗警把小孩子驱散后，典狱官记起了自己房中煨的红烧肉，担心公丁已偷吃去一半，就小小心心的从那满是菜油的泥泞里走进了衙门。狱丁望望那坐在泥水里的公丁，努努嘴，意思以为起来好一点，坐在地下有什么用，也跟着进去了。

天上红的地方全变为紫色，地面一切角隅皆渐渐的模糊起来，于是居然夜了。

战争到某市以后

雷霆震动人的身体，战争震动人的灵魂；当战争在南方某都市开始发生，用暴风猛火迅速到出人意外的情形扩张下去，如一只有力的手，撼动到国内一切平常良好市民纯洁的灵魂时节，在北京方面，南京方面，上海方面……及其他方面，还有多少神经衰弱，放荡懒惰，不知羞耻的年青男女，各为美国输入的 ×× 淫荡音乐，每日互相拥抱到成一团跳舞。绅士们，当局者们则更其无聊，莫不盼望到另一国家来用强力出面干涉，拯救国家所处的困难。

沿长江中部 ×× 市，从电讯上，把某一方面，钢铁奔窜的声音，呼喊杀戮的声音，连同大火毁灭一切的光景，以一种无律无韵毫无秩序的记载，排印成为无数号外，到市街上各处去散播时，×× 市新大街的市民们，皆各在街头，莫不怀了焦躁惶恐同一点儿意外侥幸的心情，盼望到某种意外消息。战事既不可免避，政府应当如何想出办法，支持到某种局面，再一面作各种交涉，市民们是愿意从每天号外上看到点这一类消息的。号外印出后，一个人站在街心大声嚷着，人们便争上前去攫了那一方报纸，送到鼻子下去。稍过一会，这些人便一面互相用失望的眼睛望望，一面咒骂着目前管理国家人物无用，咒骂着二十年来一页历史上这个民族当家人的卖国该死，然后摇摇头四散走开。

这些善良的市民，各自向街旁走去，不管生熟，三三五五聚在一处，用一种极关切的神气，互相谈论到一切。一个民族长久被压迫后那种富有幻想性格，占据到 ×× 市民的全体，于是这些人便谈到军事上无希望的希望，外交上无奇迹的奇迹，而大部分，他们明白政府不足信托，却仍然把希望安顿到这一个政府上的。

可是 ×× 的秘密卖国条件，被外人报纸提到后，×× 市上的空气不同了一点。街头上有人用粗糙的野话，骂当局卖国媚外的。有谈到另一件事情，却仍归结到这战争，将因为政府的无能，成为一种无意思牺牲的。这是 ×× 市的市民，一群有热忱无训练缺少领导的市民！

然而到某一天，却有人爬到新大街那个换钱摊上，高高站起大声演说的事发生了。市民的一群，从各方聚集到那边去，各把失神憔悴激动带血的眼睛，望着那个身穿灰色长衣不知姓名的年青人演说。那个人报告从另一方面听来的真象，大家才知道前方那么急切需要物资同实力的救援，这一面却只见到当局对国联信赖的声明以及外交胜利的谈话。政府一面忙于迁都，一面却尽暗示市民，要一百个镇静，除了镇静以外，什么也没有布置。那演说者说了一阵，再说下去，便轮到一个结论了。那汉子说：

“……我们当家的在干什么呢？”

大家互相望望，各在心中打量着“谁知道呢？也正忙着吧？”

那时一个机关小办事员模样的年青人，一张黄黄的脸，正对到演说者注意。他是傍近桌边站定的，听到演说的问到那句话，记起了身边一点东西，小心的四周望一下，把从 × 方面得来的一张报纸从怀中掏出，结结巴巴念了一阵，声音太低，谁也听不清楚，因此把那一张报纸又递给了站在高处的人。

一会儿大家从那个朗朗的诵读里，就听明白这是一个外国电讯社上面一段似嘲似讽的记载，用《中枢与各主要都市之持重与镇静》为题所载的一篇文章。那文章详详细细说到本国当家的种种空洞无益的计划，可笑的希望，连同一些负责人一再声明的“我不开衅，全部有国联主持”的论调，政府的面目，便以一种卑鄙无能的神气，活现在市民面前了。

有人说话了。

“希望政府出兵，我们大众出钱，为一点正义而支持下去！”

另一个人说，“问谁要正义？问谁要兵呢？”

有人提到用物质支援的。另外还有人对于政府极端不满，把话更放肆的说下去的。

一点在平时没有的混乱，同失去节制的咆哮，使××市大街显然酝酿了一种不稳当的空气；街头业已被人填满，人力车通不过，须绕道走了。

警察过来了。不免引起群众的愤怒，对这治安维持者产生了反感，警察被殴了。

一面把警察撵走，一面大家还是在那里商量对战区救济事情。过不一会，大街两头重新出现了一大队警察，全副武装，取了冲锋姿势，跑步向这边人丛中走来。市民中胆小一点的，各怀了木棍落在头上时极无趣味的预感，离开了人群，四散走去。

那站在桌子上的一位，见到这情形了，大声的说：

“兄弟们，同志们，不要怕，不要走。这是我们自己的事，我们自己来商量！我们应当把办法讨论出来，警察同志不会干涉的！”

少数的市民为这个话鼓舞起来，紧站在那人身旁不动，多数的人听到这个话也稳定下来，各站定在原来地方不动了。可是冲锋的黑色一群，即刻之间来到身边。一种意外的袭击，各处在沉默中开始发生了殴击。怯弱一点的市民，各带了惊惶无措小兽物的样子向四处跑去，强干一点的，一面争辩着一面闪避那种突如其来的袭击。有小孩子在践踏中大哭的声音，有从各种口里含混的辱骂呼吁声音，一种不可想象的混乱继续了很久。在混乱中，先前在换钱摊上说话，为市民出主张的那个人，被捉下去后，无数手脚向身边伸去，带骂带吼，满脸浴着红血被人向西拥走了。另外还有一批类似商人类似中学生的年青的人，头发扯得稀乱，衣服也失去了原来样子，鼻部打破了，皆把脸浴了血，也是吼着嚷着，被人向西拥走了。人虽然仍那么多，可是把一群市民捉走后，一切全沉默了。

可是一会儿，在另外一个铺柜上有人站起说话了。

“这样无理由糟蹋市民，那不行！大家都见到了，这是野兽的行为。我们要同政府去算账！我们大家一同去质问这个主使人！”

平时十分老实此时却十分愤怒的市民，集结成人数可观的一群，加上无数跟在较后的市民，不到一会就向保安大队来时那条大街走去了。

因此一来，一点钟后，×× 市公安局门前，重新捉了一些人，重新发生了一次武力对徒手平民无耻的殴打，重新在那里产生了一场混乱。到了下午，临时宣布戒严。可是一到晚上，政府明白事情扩大将发生其他影响，被捉的市民开释出来了。

但还有七个却没有释放。

到第二天，×× 市全市罢了市。讲和显然已不行了，不取保的开释已不成为恩惠了。×× 市民的意见，昨天的事，谁也无罪，谁也不应当被殴被捕。一群毫无过失的市民，见到政府对国事那么冷淡，大家来在街头商量一些公民有权利过问的事，商量些公民应尽的义务，需要一种讨论来确定，这讨论妨碍到什么治安？一个生意人，为了爱国激于义愤向大家报告了一些实际情况，说了几句大家想说而说不出口的话，为什么应被逮捕殴打？多数无罪的市民，为什么毫无道理的被殴打和逮捕？为什么拘留了那么多人，却欺骗群众，宣布已即刻全部释放？

×× 市民的罢市，所要的是一种当局对市民的公平。这公平在过去谁也没有从当局方面得到。对敌人懦怯，对列强谄媚，×× 市当局，一面禀承中央政策，对市民则镇压同欺骗并用，现在大众感到不得不对这种当局有所抵制，因此全体罢了市。

每一市民皆知道那些为一个民族气概，为一般被压迫阶级所受的侮辱和剥削，因而向帝国主义暴力用血和生命来抗议的 ××× 军，如何急迫的盼望帮助，政府却如何冷漠如何不加过问，市民们皆莫不欲尽所有尽所能为前方供给一切。×× 市民一面罢了市，一面仍然各尽其能做那件事。没有得到任何机关的帮助，没有向任何公家机关捐过钱，十七辆运货大汽车，每一辆汽车上皆装满了各种物品，继续向 ×× 的公路开去。一面全体自动罢市，一面仍能继续进行救济，这种罢市，就显然在说明，×× 市民，羞于同政府合作了。

这自然是不行的。×× 市当局并不愚蠢，明白一切的情形，一切调停皆极力进行着。把威迫利诱加诸 ×× 市重要商人方面，因此商会会长，银行行长……以及一切同政府利害关系较密切而又有权力支配调度市面的人物，都在设法使这事件莫延展扩大。一面算是当局重新让了步，为了在“国难”中，不欲过分追究一切，把另外六个被殴打得鼻青脸肿的市民，全取了平常铺保开释。另外那一个呢，加他个“反动有据”的罪名，扣留下来，不久就移提到第 × 军事法庭去了。有水的河才能够流动，有智慧的头脑才能够思索，×× 市的市民，是那么可惊的诚实，被哄着，被骗着，于是重新开了市，一场风波过去了。

此后，×× 市报纸的号外，从官方发出的前方战事胜利消息，总较其他地方多一点，同时什么市政府的义勇军也出发了，什么中央大军调赴前方的消息也多了。种种似乎特为 ×× 市民而制造的消息，每天皆以一个极其无耻的夸张意义而登出，哄骗到市民的热情，和缓到市民对当局不抵抗的仇视。

直到 × 军从 ×× 退却的消息证实后，明白一切无望了，每日还有无数市民，沉沉静静的，在公立阅报处或大街一角，从报纸上找寻那个失败外交的结果；市民明白战事是无希望了，信任到政府的谎话，盼望到新的外交，新的统一，新的政治。

……

在一切市民睡梦里，内战重新在酝酿中。×× 市既当 ×× 线的要冲，市外铁路线上的军队，每日皆极匆忙的神气，用兵车转运到各处去。人们不明白为什么先一时这些军队皆俨然没有存在，这时节究从什么地下爬出。人们不明白这内战有什么办法可以避免，还以为只要政府分配地盘适当一点，这内战可以缓和了。

×× 市城中新辟了马路。市上的汽车不多，市民记得清清楚楚，不至于弄错。市长是蓝色的，军部一高级人物是灰色的，某绅士姨太太是绿色的，某老板是黑色的，某中央委员是灰色装甲的……共通算来也不过二十辆而已。一天下午两点十分钟左右，×× 市长坐了他那体面的蓝色汽车，过新大街预备上衙门去，在西大街头上，因为人力车较多，行车速度不高，忽然从一个铺子里，奔出一个男子，似乎发了一点狂，很便捷的扳上了市长的车子。

市长一望就明白这是刺客到了，正不知如何处置，坐在车旁边的卫士，知道了他的职责，不让那刺客模样的人动手，毫不犹豫就先向那刺客开了枪，一连两枪。那汉子在一种痉挛中跌倒了，大街上起了空前的混乱，人们惊慌得向店铺中跑去。汽车上人很机警，明白身旁还有其他危险，便把汽车向市政府方面开去。被打死去的男子，先是被一大圈人围着，稍后却又为一圈军警围着了。新街附近即刻临时戒了严，对各处铺子各个行人都加以严密的搜查。不久全市戒严，车站也戒严了。所有驻扎在市内的军警，皆为这件谋刺案件而显得非常的活动。从军警的活动情况看来，×× 市的市长是安然无恙的。从戒严情形中看来，市民一方面传播着市长受伤的谣言，各显得十分惶恐。

被刺的市长压了惊后，正独自在办公室里，向上峰起草电文，报告遇险的经过。外面会议厅里，正预备着开重要会议。那个奉命去公安局询问检查行刺者的人，回来了。警察检查结果，只发现一个信封，信封写上那么两行字：

××市的一个市民呈禀

××市长大人钧启

回事的把那个信件从公安局取回，呈请市长过目。市长一看似乎就已明白是怎么回事。虽他明白那薄薄信件决不是一颗炸弹，但仍然装作十分谨慎的态度，把信撕开。读着读着，市长脸红了。原来这是一个××市的公民，因看到报载×方的战事情形，请求市长通电中央出兵救国，写给市长的一封信。因为打算把这信亲自递交市长，冒冒失失作了今天的事。市长脸儿红红的，望到那个救国意见发愣，好一会，才向回事的手下人装模作样的说："这刺客多阴险，多诡诈，有机会开枪就给我一枪，无机会动手时就送上这个东西。"

回事的完全不明白“这个东西”是什么意义，不敢作声。市长一会儿就又问：

“另外那个找不着吗？”

回事的说：“另外没有什么。”

“怎么，手枪同炸弹全找不着吗？”

回事的说：“没有手枪同炸弹。”

“混账，你怎么知道没有？我亲眼看见，那个东西……余区长哪里会这样胡涂，把这东西也疏忽了！要他们找来，一定找来，我看到那是一枝七响勃朗宁；用不着看我也猜想得出，有三粒子弹，你去问他！”

回事的心想，“一个药铺的先生哪会有手枪？”可是望到市长神气不对，不敢顶撞这个有身分的人物，唯唯诺诺就退下了。

到后那个余区长，果然就送一枝旧手枪来了，里面不多不少三粒子弹。市长正在主持一个重要会议，大家于是望到那件凶器，并用极谨慎的神气，传观那件凶器，讨论那件凶器，同时想起在那千钧一发危机中，市长的危险情形，就莫不佩服赞叹市长的临危不惧，为市长命大庆贺。

市长于是笑着，向那些阔人要人说：“是的，幸亏兄弟还镇静，出了事后还能这样子不慌不忙，不然这件事情可不知如何影响到这个城市，把全市拖到一个如何可怕的混乱中去。”

公安局长已经得到过区长的报告，明白市长那句话的意思，用做惯了下属应对得体的腔调回答说：“是的，是的，幸得市长的镇静，临事有方，不至于生出别的危险。遇到这种事情，缺少镇静是一定要糟的。”

两人说完时，皆互相望到莞尔而笑，满围到桌子坐定的在座同人，也各张了吃肉喝酒的大嘴笑了。

“一种有计划的阴谋，一种显然的行刺，若非××市长汽车上的卫士抢先一着，奋勇杀贼，结果将不知陷××全市到如何一种不堪设想的混乱中去！”市民当天就可在晚报上，默默的读着这种新闻记载。三四天后，又从天津上海各大报上默默的读到同样记载，且同时还登载了暴徒死尸同凶器的摄影，××市长远方朋友，看到那种新闻时，莫不为××市长当时情形捏一把汗。

××市民有疑心到这个错误事情没有？没有的。

一九三二年五月作

牛

有这样事情发生，就是桑溪荡里住，绰号大牛伯的那个人，前一天居然在荞麦田里，同他的耕牛为一点小事生气，用木榔槌打了那耕牛后脚一下。这耕牛在平时是仿佛他那儿子一样，纵是骂，也如骂亲生儿女，在骂中还不少爱抚的。但是脾气一来不能节制自己，随意敲了一下，不平常的事因此就发生了。当时这主人还不觉得，第二天，再想放牛去耕那块工作未完事的荞麦田，牛不能象平时很大方的那么走出栏外了。牛后脚有了毛病，就因为昨天大牛伯主人那么不知轻重在气头下一榔槌的结果。

大牛伯见牛不济事，有点手脚不灵便了，牵了牛系在大坪里木桩上，蹲到牛身下去，扳了那牛脚看。他这样很温和的检察那小牛，那牛仿佛也明白了大牛伯心中已认了错，记起过去两人的感情了，就回头望到主人，眼中凝了泪，非常可怜的似乎想同大牛伯说一句有主奴体裁的话，这话意思是，“大爹，我不冤你，平素你待我很好，你打了我把我脚打坏，是昨天的事，如今我们讲和了。我只一点儿不方便，过两天就会好的。”

可是到这意思为大牛伯看出时，他很狡猾的用着习惯的表情，闭了一下左眼，他不再摩抚那只牛脚了。他站起来在牛的后臀上打了一拳，拍拍手说，

“坏东西，我明白你。你会撒娇，好聪明！从什么地方学来的，打一下就装走不动路？你必定是听过什么故事，以为这样当家人就可怜你了，好聪明！我看你眼睛，就知道你越长心越坏了。平时干活就不肯好好的干，吃东西也不肯随便，这脾气是我都没有的脾气！”

主人说过很多聪明的话语后，就走到牛头前去，当面对牛，用手指戳那牛额头，

“你不好好的听我管教，我还要打你这里一下，在右边。这里，左边也得打一下。我们村小孩不上学，老师有这规矩打了手心，还要向孔夫子拜，向老师拜，不

许哭。你要哭吗？坏东西呀！你不知道这几天天气正好吗？你不明白五天前天上落的雨是为天上可怜我们，知道我们应当种荞麦了，为我们润湿土地好省你的气力吗？……”

大牛伯一面教训他的牛，一面看天气。天气实在太好了，就仍然扛了翻犁，牵了那被教训过一顿据说是撒娇偷懒的牛，到田中去做事。牛虽然有意同他主人讲和，当家也似乎看清楚了这一点，但实在是因为天气太好，不做事可不行，所以到后那牛就仍然瘸着在平田中拖犁，翻着那为雨润湿的土地了。大牛伯虽然是象管教小学生那么管束到他那小牛，仍然在它背上加了犁的轭，但是人在后面，看到牛一瘸一拐的一句话不说的向前奔时，心中到底不能节制自己的悲悯，觉得自已做事有点任性，不该那么一下了。他也象做父亲的所有心情，做错了事表面不服输，但心中究竟过意不去，于是比平时更多用了一些力，与牛合作，让大的汗水从太阳角流到脸上，也比平时少骂那牛许多——在平时，这牛是常常因为觑望了别处风景或过路人，转身稍迟，大牛伯就创作出无数希奇古怪的字眼来辱骂过它的。天下事照例是这样，要求人了解，再没有比“沉默”这一件事为合式了。有些人总以为天生了人的口，就是为说话用，有心事，说话给人听，人就了解了。其实如果口是为说话才用得着，那么大牛小鸟全有口，大的口已经有那么大，说“大话”也够了，为什么又不去做官，又不去演讲呢？并且说“小话”，小鸟也永远赶不上人。这些事在牛伯的见解下是不会错的。

在沉默中他们才能互相了解，这是一定的，如今的大牛伯同他的小牛，友谊就成立在这无言中。这时那牛一句话不说，也不呻唤，也不嚷痛，也不说“请大爹赏一点药或补几个药钱”（如果是人，他必定有这样正当的于自己有利益的要求的）。这牛并且还不说“我要报仇，非报仇不可”那样恐吓主人的话语，就是态度也缺少这种切齿的不平。它只是仍然照老规矩做事，十分忠实的用力拖犁，使土块翻起。它嗅着新土的清香气息。它的努力在另一些方法上使主人感到了。它喘着气，因为脚跟痛苦走时没有平时灵便。但它一个字不说，它“喘气”却完全不“叹气”。到后大牛伯的心完全软了。他懂得它一切，了解它，不必靠那只供聪明人装饰自己的言语。

不过大牛伯心一软，话也说不出了。他如说，“朋友，是我错，”也许那牛还疑心这是谎话，这谎话一则是想用言语把过错除去，一则是谎它再发狠做事。人与人是常常有这样事情的，并不止牛可以这样多疑。他若说，“已经打过了，也无办法，我是主人，虽然是我的任性，也多半是你的服务不十分尽力，我们如今两抵，以后好好生活吧。”这样说，牛若听得懂他的话，牛也是不甘心的。因为它是常常自信已尽过了所能尽的力，一点不敢怠惰，至于报酬，又并不争论，主人假若是有人心，自己就不至于挨一榔槌的。并且用家伙殴打，用言语抚慰，这样事别的不能证明，只恰恰证明了人类做老爷主子的不老实罢了。他们会说话，用言语装饰自己的道德仁慈，又用言语作惠，虽惠不费。如今的牛是正因为主人一句话不说，不引咎自责，不辩解，也不假托这事是吃醉了酒以后发生的不幸，明白了主人心情的。有些人是常常用“醉酒”这样字言作过一切岂有此理坏事的。他只是一句话不说，仍然同牛在田中来回的走，仍然嘘嘘的督促到它转弯，仍然用鞭打牛背。但他昨天所作的事使他羞惭，特别的用力推犁，又特别表示在他那照例的鞭子上。他不说这罪过是谁想明白这责任，他只是处处看出了它的痛苦，而同时又看到天气。“我本来愿意让你休息，全是因为下半年的生活才不能不做事，”这种情形他不说话也被他的牛看出了的。但他们真的已讲和了。

犁了一块田，他同那牛停顿在一个地方，释了牛背上的轭，他才说话。

他说，“我这人老了，人老了就要做蠢事。我想你玩半天，养息一会，就会好的，你说是不是？”小牛无意见可说，望着天空，头上正有一只喜鹊飞过去。

他就让牛在有水草的沟边去玩，吃草饮水，自己坐到犁上想事情。他的的确确是打量他的牛明天就会全好了的。他还没有把荞麦下田，就计算到新荞麦上市的价钱。他又计算到别的一些事情，这些事情说起来全都近于很平常的。他打火镰吸烟，边吸烟边看天。天蓝得怕人，高深无底，白云散布四方，白日炙人背上如春天。这时是九月，去真的春天还远。

那只牛，在水边站了一会，水很清冷，草是枯草，它脚有苦痛，这忠厚动物工作疲倦了，它到后躺在斜坡下坪中睡了。它被太阳晒着，非常舒服的做了梦。梦到大爹穿新衣，它自己则角上缠红布，两个大步的从迎春的寨里走出，预备回家。这是一只牛所能做的最光荣的好梦，因为这梦，不消说它就把一切过去的事全忘了，把脚上的痛处也忘了。

正午，山上寨子有鸡叫了，大牛伯牵他的牛回家。

回家时，它看到他主人似乎很忧愁，明白是它走路的跛足所致。它曾小心的守着老规矩好好走路，它希望它的脚快好，就是让凶恶不讲道理的兽医揉搓一阵也很愿意。

他呢，的确是有点忧愁了，就因为那牛休息时，侧身睡到草坪里，他看到它那一只被木榔槌所敲打过的腿时时抽缩着，似乎不是一天两日自然会好的事，又看到同那牛合作所犁过的田，新翻起的土壤如开花，于是为一种不敢去猜想的未来事吓呆了，“万一……？”那么，荞麦价不与自己相干了，一切皆将不与自己相干了。

他在回家到路上，看到小牛的步伐，想到的事完全是麦价以外的事。究竟这事是些什么，他是不能肯定的。总而言之，万一就这样了，那么，他同他的事业就全完了。这就象赌输了钱一样，同天打赌，好的命运属于天，人无分，输了，一切也应当完了。假若这样说吧，就是这牛因为这脚无意中被一榔槌。从此跛了，医不好了，除了做菜或作牛肉干，切成三斤五斤一块，用棕绳挂到灶头去熏，要用时再从灶头取下切细加辣子炒吃，没有别的意义，那末，大牛伯也得……因为牛一死，他什么都完了。

把牛系到院中木桩旁，到箩筐里去取红薯拌饭煮时的大牛伯，心上的阴影还是先前一样。

到后，抓了些米头子洒在院中喂鸡，望到那牛又睡下去把那后脚缩短，大牛伯心上阴影更厚了。

吃过了中饭，他就到两里外场集上去找甲长，甲长是本地方小官，也是本地方牛医。甲长如许多有名医生一样，显出非常忙迫而实在又无什么事的样子。他们是老早很熟了的。

他先说话，他说，“甲长，我牛脚出了毛病。”

甲长说，“这是脚癀，拿点药去一擦就好。”

他说，“不是的。”

“你怎么知道不是，近来患脚癀的极多，今天有两个桑溪人的牛都有脚癀。”

“不是癀，是搞伤了的。”

“我有伤药。”这甲长意思是大凡是脚只有一种伤，就是碰了石，他的伤药也就是为这一种伤所配合的。

大牛伯到后才说这是他用木榔槌打了一下的结果。

他这样接着说：

“……我恐怕那么一下太重了，今天早上这东西就对我哭，好象要我让它放工一天。你说怎样办得到？天雨是为方便我们落的。天上出日头，也是方便我们，不在这几天耕完，我们还有什么时候？我仍然扯了它去。一个上半天我用的力气还比它多，可是它不行了，睡到草坪内，样子就很苦。它象怕我要丢了它，看到我不作声，神气忧愁，我明白这大眼睛所想说的话，和它的心事。”

甲长答应同他到村里去看看那牛，到将要出门，别处有人送文书来了，说县里有军队过境，要办招待筹款，召集甲长会议，即刻就到会。

这甲长一面用一个乡绅的派头骂娘，一面换青泰西缎马褂，喊人备马，喊人为衙门人办点心，忙得不亦乐乎，大牛伯叹了一口气，一人回了家。

回到家来他望到那牛，那牛也望到他，两个真正讲了和，两个似乎都知道这脚不是一两天可好的事了，在自己认错中，大牛伯又小心的扳了一回牛脚，看那伤处，用了一些在五月初五挖来的平时给人揉跌打损伤的草药，敷在牛脚上去，用布片包好，牛象很懂事，规规矩矩尽主人处理，又规规矩矩回牛栏里去睡。

晚上听到牛龇草声音，大牛伯拿了灯到照过好几次，这牛明白主人是因为它的原故晚睡的，每遇到大牛伯把一个圆大的头同一盏桐油灯从栅栏边伸进时，总睁大了眼睛望它主人。

他从不问它“好了么？”或“吃亏么？”那一类话，它也不告他“这不要紧，”或“我请你放心”那类话，他们的互相了解不在言语，而他们却是真真很了解的。

这夜里牛也有很多心事，它是明白他们的关系的。他用它帮助，所以同它生活，但一到了他看出不能用到它的时候，它就将让另外一种人牵去了。它还不很清楚牵去了以后将做什么用途，不过间或听到主人的愤怒中说“发瘟的，”“作牺牲的，”“到屠户手上去，”这一类很奇怪的名字时，总隐隐约约看得出只要一与主人离开，情形就有点不妥，所得的痛苦就不止是诅骂同鞭打了。

为了这不可知的未来，它如许多蠢人一样，对这问题也很想了一些时间，譬若逃走离开那屠户，或用角触那凶人同他拼命，又或者……它只不会许愿，因为许愿是人才懂这个事，并且凡是许愿求天保佑，多说在灾难过去幸福临门时，杀一只牛或杀猪杀羊，至少必须一只鸡，假如人没有东西可许（如这一只牛，却什么也没有是它自己的，只除了不值价的从身上取出的精力），那么天也不会保佑这类人的。

这牛迷迷糊糊时就又做梦，梦到它能拖了三具犁飞跑，犁所到处土皆翻起如波浪，主人则站在耕过的田里，膝以下皆为松土所掩，张口大笑。当到这可怜的牛做着这样的好梦时，那大牛伯是也在做着同样的梦的。他只梦到用四床大晒谷簟铺在坪里，晒簟上新荞堆高如小山。抓了一把褐色荞子向太阳下照，荞子在手上皆放乌金光泽。那荞就是今年的收成，放在坪里过斛上仓，竹筹码还是从甲长处借来的，一大捆丢到地下，哗的响了一声。而那参预这收成的功臣——那只小牛，就披了红站在身边，他于是向它说话，神气如对多年老友。他说，“伙计，今年我们好了。我们可以把围墙打一新的了；我们可以换一换那两扇腰门了；我们可以把坪坝栽一点葡萄了；我们……”他全是用“我们”的字言，仿佛这一家的兴起，那牛也有分，或者是光荣，或者是实际。他于是俨然望到那牛仍然如平时样子，水汪汪的眼睛中写得有四个大字：“完全同意”。

好梦是生活的仇敌，是神给人的一种嘲弄，所以到大牛伯醒来，他比起没有做梦的平时更多不平。他第一先明白了荞麦还不上仓，其次就记起那用眼睛说“完全同意”的牛是还在栏中受苦了，天还不曾亮，就又点了灯到栏中去探望那“伙计”。他如做梦一样，喊那牛做伙计，问它上了药是不是好了一点。牛不做声，因为它不能说它正做了什么梦。它很悲戚的看到主人，且记起了平常日子的规矩，想站起身来，跟到主人出栏。

他站起走了两步，他看它还是那样瘸跛，啸的把灯吹熄，叹了一口气，走向房里躺在床上了。

他们都在各自流泪。他们都看出梦中的情形是无希望的神迹了，对于生存，有一种悲痛在心。

到了平时下田的早上，大牛伯却在官路上走，因为打听得十里远近的得虎营有师傅会治牛病，特意换了一件衣，用红纸封了两百钱，预备走到那营寨去请牛医为家中伙计看病。到了那里被狗吓了一阵，师傅又不凑巧，出去了，问明白了不久会回来，他想这没有办法，就坐到那寨子外面大青树下等。在那大青树下就望到别人翻过的田，八十亩，一百亩，全在眼前炫耀，等了半天，师傅才回家，会了面，问到情形，这师傅也一口咬定是牛癀。

大牛伯说 ：“不是，我是明白我那一下分量稍重了点，或打断了筋。”

“那是伤转癀，拿这药去就行。”

大牛伯心想，癀药我家还少？要走十里路来讨这东西！把嘴一瘪，做了一个可笑的表情。

说也奇怪，先是说的十分认真了，决不能因为这点点事走十里路。到后大牛伯忽然想透了，明白是包封太轻了，答应了包好另酬制钱一串，这医生心一活动，不久就同大牛伯在官路上奔走，取道回桑溪了。

这名医有大城中名医的排场，到了家，先喝酒，吃点心饭，饭用过以后，剔完牙齿，又吃一会烟，才要主人把牛牵到坪中来，把衣袖卷到肘上，拿了针，由帮手把牛脚扳举，才略微用手按了按伤处，看看牛的舌头同耳朵。因为要说话，他就照例对于主人的冒失加以一种责难。说是这东西打狠了是不行的。又对主人随便把治人伤药敷用到牛脚上认为是一种将来不可大意的事情。到后是在牛脚上扎了两针，把一些药用口嚼烂敷到针扎处，包了杉木皮，说是过三天包好，嘱帮手拿了预许的一串白铜制钱抗到肩上，游方僧那么摇摇摆摆走了。

把师傅送走，站到门外边，一个卖片糖的本乡人从那门前大路下过身，看到了大牛伯在坎上门前站，就关照说：

“大牛伯，大牛伯，今天场上有好嫩牛肉，知道了没有？”

“见你的鬼！”他这样轻轻的答应了那关照他的卖糖人，走进大门訇的把门关了。

他愿意信仰那师傅，所以想起师傅索取那制钱时一点不勉强的就把钱给了。但望到那人从官路上匆匆走去的那师傅背影尤其是那在帮手肩上的制钱一串，他有点对于这师傅怀疑，且象自己是又做错了事，不下于打那小牛一榔槌了，就懊悔起来。他以为就是这么随便扎两针也值一串二百钱，一顿点心，这显然是一种欺骗，自己性急又上当了。那时就正有点生气，到后又为卖糖人喊他买“牛肉”更不高兴了，走进门见到那牛睡在坪里，就大声辱骂，“明天杀了你吃，看你脚会好不好！”

那牛正因为被师傅扎了几针，敷了药，那只脚疼痛不过，见寒见热，听到主人这样气愤愤的骂它，睁了眼见到牛大伯样子，心里很难过，又想哭哭。大牛伯见到这情形，才觉得自己仍然做错了事，不该说气话了，就坐到院坪中石碌碡上，一句话不说，以背对太阳，尽太阳炙背。天气正是适宜于耕田的天气，他想同谁去借牛把其余的几亩地上翻松一下，好落种，想不出当这样时节谁家有可借的牛。

过了一会，他不能节制自己，又骂出怪话来了，他向那牛说。

“你撒娇就是三只脚，你也要做事！”

它有什么可说呢？它并不是故意。它从不知道牛有理由可以在当忙的日子中休息，而这休息还是“借故”。天气这样好，它何尝不欢喜到田里去玩。它何尝不想为主人多尽一点力，直到了那粮食满屋满仓“完全同意”

的日子。就是如今脚不行了，它何尝又说过“我不做”“我要休息”一类话。主人的生气它也能原谅，因为这，不比其他人的无理由胡闹。可是它有什么可说呢？它能说“我明天就好”一类话吗？它能说“我们这时就去”一类话吗？它既没有说过“我要休息”，当然也不必来说“我可以不休息”了。

它一切尽大爹，这是它始终一贯的性格。这时节主人如果是把犁扛出，它仍然会跟了主人下田，开始做工，无一点不快的神气，无一点不耐烦。

可是说过好歹要工作的牛伯，到后又来摩它的耳朵，摩它的眼，摩它的脸颊了，主人并不是成心想诅咒它入地狱，他正因为不愿意它同他分手，把它交给一个屠户，才有这样生气发怒的时候！它的所以始终不说一句话，也就是它能理解它的主人，它明白主人在它身上所做的梦。它明白它的责任。它还料得到，再过三天脚还不能复元，主人脾气忽然转成暴躁非凡，也是自然的事。

当大牛伯走到屋里去找取镰刀削犁把上小木栓时，它曾悄悄的独自在院里绕了圈走动，试试可不可以如平常样子。可怜的东西，它原是同世界上有些人一样，不惯于在好天气下休息赋闲的。只是这一点，大牛伯却缺少理解这伙计的心，他并没有想到它还为这怠工事情难过，因为做主人的照例不能体会到做工的人畜。

大牛伯削了一些木栓，在大坪中生气似的敲打了一阵犁头，想了想纵然伙计三天会好也不能尽这三天空闲，因为好的天气是不比印子钱，可以用息金借来的，并且许愿也不容易得到好天气，所以心上活动了一阵，就走到别处去借牛。他估定了有三处可以说话，有一处最为可靠，有了牛他在夜间也得把那田马上耕好。

他就到了第一个有牛的熟人家去，向主人开口。

“老八，把你牛借我两三天，我送你两斗麦子。”

主人说，“伯伯，你帮我想法借借牛吧，我正要找你去，我愿意出四斗麦子。”

“那我也出四斗。”

“怎么？你牛不是好好的么？”

“有癀，……”

“哪会有癀，”

“请牛医看过了，花一串制。”

主人知道牛伯的牛很健壮，平素又料理得极好，就反问他为什么事缺少牛用。没有把牛借到的牛伯，自然仍得一五一十的把伙计如何被自己一榔槌的故事说说，他在叙述这故事中不缺少自怨自艾的神气，可是用“追悔”是补不来“过失”的，他到没有话可说，就转到第二家去。

见到主人，主人先就开口问他是不是把田已经耕完。他告主人牛生了病，不能做事。主人说，

“老汉子，你谎我。耕完了就借我用用，你那小黄是用木榔槌在背脊骨上打一百下也不会害病的。”

“打一百下？是呀，若是我在它背脊骨上打一百下，它仍然会为我好好做事。”

“打一千下？是呀也挨得下，我算定你是捶不坏牛的。”

“打一千下？是呀……”

“打两千下也不至于……”

“打两千下，是呀……”

说到这里两人都笑了，因为他们在这闲话上随意能够提出一种大数目，且在这数目上得到一点仿佛是近于“银钱”“大麦斛数”那种意味。他到后，就告给了主人，

还只打“一下”，牛就不能行动自如了。主人还不相信，他才再来解释打的地方不是背脊，却是后脚弯。本意是来借牛，结果还是说一阵空话了事。主人的牛虽不病可是无空闲，也正在各处设法借牛乘天气好翻地。

待到第三处熟人家，就是牛伯以为最可靠的一家去时，天色已夜了，主人不在家，下了田还没回来，问那家的女人，才明白主人花了一斛麦子借了一只牛，连同家中一只牛在田中翻土，到晚还不能即回。

转到家中，牛伯把伙计的脚检查检查，又想解开药包看看，若不是因为小牛有主张，表示不要看的意思，日来的药金又恐怕等于白费了。

各处皆无牛可借，自己的牛又实在不能作事，这汉子无法，到夜里还走到附近庄子里去请帮工，用人力拖犁，说了很长的时候，才把人工约定。工人答应了明天天一亮就下田，一共雇妥了两个人，加上自己，三个人的气力虽仍然不及一只小牛；但总可以乘天气把土翻好了。牛伯高高兴兴的回了家，喝了一小葫芦水酒，规规矩矩用着一个虽吃酒却不闹事的醉人体裁横睡到床上，根据了田已可以下种一个理由，就胡胡涂涂做了一晚好梦。半夜那伙计睡不着，以为主人必定还是会忽然把一个大头同灯盏从栅栏外伸进来，谁知到天亮了以后有人喊主人名字了，主人还不曾醒。

三个人，两个人在前一个人在后耕了半天田，小牛却站在田塍上吃草眺望好景致。正象小孩子因牙痛不上学的情形，望到其他学生背书，费大力气，自己才明白做学生真不容易。不过往日轮到它头上作的事，只要伤处一复元，也仍然是免不了要照常接受。

在几个人合作耕田时，牛伯在后面推犁，见到伙计站到太阳下的寂寞，是曾说过“伙计，你也来一角吧”那样话语的，若果这不是笑话，它绝不会推辞这个提议，但主人因为想起昨天放在医生的手背上那一串放光的制钱，所以不能不尽小牛玩了。

不过单是一事不作，任意的玩，吃草，喝水，睡卧，毫无拘束在日光下享福，这小牛还是心里很难受的。因为两个工人在拉犁时，就一面谈到杀牛卖肉的事情，他们竟完全不为站在面前的小牛设想。他们说跛脚牛如何只适宜于吃肉的理由，又说牛皮制靴做皮箱的话。这些坏人且口口声声说只有小牛肚可以下酒，小牛肉风干以后容易煨烂，小牛皮做的抱兜佩带舒服。这些人口中说的话，是无心还是有意，在小牛听来是分不清楚的。它有点讨厌他们，尤其是其中一个年青一点的人，竟说“它的病莫非是假装”那些坏话，有破坏主人对牛友谊的阴谋，虽然主人不会为这话所动，可是这人坏处是无疑了。

到了晚上，大家回家了，当主人用灯照到它时，这牛就仍然在它那水汪汪的大眼睛上，解释了自己的意思，它象是在诉说，“大爹，我明天好了，把那花钱雇来的两个工人打发去了吧。我听不惯他们的讥诮和侮辱。我愿意多花点气力把田地赶出，你放心，我一定不让好天气带来的好运气分给了一切人，你却独独无分。”

主人是懂这样意思的，因为他不久就对牛说话了，他说：

“伙计，是的，你会很快的就好了的，医生说你至多三天就好。下田还是我们两个作配手好，我们赶快把那点地皮翻好，就下种。因为你的脚不方便，我请他们来帮忙，你瞧，我花了钱还只耕得一点点。他们哪里有你的气力？他们做工的人，近来脾气全为一些人放纵坏了，一点旧道德也不用了，他们人做的事情当不到你牛一半，却问我要钱用，要酒喝，且有理由到别处去说，‘我今天为桑溪大牛伯把我当牛耕了一天田，因为要吃饭，我不得不做事，可是现在腰也发疼了，只差比牛少挨一鞭子。’这话是免不了要说的，我是没有办法才要他们来帮忙的。”

它想说，“我愿意我明天就会好，因为我不欢喜那向你要钱要酒饭的汉子。他们的心术似乎都不很好。”主人不等他说先就很懂了，主人离开栅栏时就肯定而又大声说道，“我恨他们，一天花了我许多钱，还说小牛皮做抱兜相宜，真是土匪强盗！”

……

小牛居然很自然的同主人在一块未完事的田中翻土了，是四天以后的事，好天气还象是单因为牛伯一个人幸福的原故而保留到桑溪。他们大约再有两天就可以完事了，牛伯因为体恤到伙计的病脚，不敢吝惜自己气力，小牛也因为顾虑到主人的原故，特别用力气只向前奔，他们一天所耕的田比用工人两倍还多。

于是乎，回到了家中，两位又有理由做那快乐幸福的梦了，牛伯为自己的梦也惊讶了，因为他梦到牛栏里有四只牛，有两只是花牛，生长得似乎比伙计更其体面，第二天一早起来他就走到栏边去看，且大声的告给“伙计”，说，

“伙计，你应当有伴才是事，我们到十二月再看吧。”

伙计想十二月还有些日子就点点头，“好，十二月吧。”

到了十二月，荡里所有的牛全被衙门征发到一个不可知的地方去了，大牛伯只有成天到保证家去探信一件事可做。顺眼无意中望到弃在自己屋角的木榔槌，就后悔为什么不重重的一下把那畜生的脚打断。

作于一九二九年夏

上城里来的人

一

“三月十六日的事。一个坏运气落到了众人头上，来了一些——谁知道应当用什么称呼他们为恰当呢——总之他们是来了。不报信，就来了。把一些人从梦中惊醒，但是醒来他们已到寨子中了。狗叫是空的。狗这时似乎也知道叫是空叫，各个逃到空园中去了。人可逃不及。

“于是不用什么名义就动手。知道‘动手’这两字的意思吧？他们动手了，他们有刀，有枪，只有‘请便’可以说了。

“他们是体面的。只要不这么慌张，不这么混乱，成群排队到村中大街上走，吹号打鼓的在前引路，骑马匹的放在后面，我可以赌咒说我不敢疑心他们是——

“我决定说他们能够这么办的，做得体体面面，在另一时节。”

二

“我不是说动手么？

“轮到了牛，轮到了羊，轮到了财物……当真，应当轮到我们了。

“我们是妇人，妇人是有‘用处’的。

“他们是斯斯文文的，这大致是明白附近无其余的他们。说声‘来！’我们就过去一个，我忘了告你是在喊‘来’以前我们妇人是如牛羊一样，另外编成一队的了。如今是指定叫谁谁就去。我赌咒，说我不害怕。这是平常事，是有过的事。

“但我看到我们的大表妹子——该死的老子这样大年纪还不打发她出门——她脸色变得真难看。还没有喊她，一双脚只是摇，象纺纱车轴。我的天，你这样胆小！一个女人总有一次的事，怕什么？我是不怕的。他们用过了就会走路，不是么？

“我轻轻的说，妹子，别这样，你大表嫂也在此，婶婶也在此，不要怕。让他吃！让他用！衙门做官的既不负责，庙里菩萨又不保佑，听他们去，不过一顿饭功夫就完事。

“他们决不是土匪，不会把我们带去——带去只有累赘他们——所以我心稳稳的。”

三

“象害了一场病，比疟疾还轻松一点的病，我成了今天的我了。

“所以我说，我家中原是有两头母牛，四头羊，二十匹白麻布，二十匹棉家机布，全副银首饰，仍然得上城来帮人做工。这理由你当然明白了。他们拿去了一切，留下我同我的男人，我又是害病。你们从城里下乡或者当是另外一个理由，因为你们还可以回转城里。

“我就是因此到城里来了。我的牛羊同家产，可不知道随了他们到什么地方去了。我顶不放心那匹黑牛，它左脚有病，是真的。我的男人他因此当兵去了，他临动身时说，他将来总会作他们作过的事，说这话时好象生了点气。

“我记到他的话，我告他：若是别人家的牛脚上有病，可得给别人留下不要拉走。有病的牛走远路是不相宜的，要这东西随队伍开差，也怪可怜。

“也许他得过一头牛了，就因为记到我的话不把牛牵走。他是好人，我可以同你打赌，尽你去问我村子里的人，看有一个人说他坏话没有。”

四

“你们城里人真舒服。

“成天开会，说妇女解放，说经济独立，说……我明白，我懂。我记得到，哪有就忘记的道理。你不信我念那段话给你听。你告我的我全记得到。‘我们妇女也是人，有理由做男子做的一切事。’……这我可不明白了，我不知道使我们村子里妇人所害的病，有法子在革命以后就不害它不？

“她们不能全搬进城来住。可乡下，他们比城里似乎多多了。

“她们有牛，羊，麻布，棉布，他们就有刀，枪，小手枪，小手榴弹。他们是这样多，衣服一色。上城来告状又不是办法，我们告谁？

……

五

“不说起，我不记到这些事的。好象是忘了。过去的事忘了倒好点。

“可惜我那牛，我知道它是不愿同我们离开的。临走时被他们牵着打着，（我睡到这样想）它必定还流眼泪。我们原来多久就已成为一家人，太熟了。

“若到什么地方碰到它，我断定它还认得我。它是又聪明又懂事的东西，我说的是那只黑色的。唉，可是恐怕我的那男人我再不会认识他了，这是整五年，从出门那一天算起——不，应当从我害病那天算起。”

一九二八年夏作于上海

山道中

他们是三个同乡人，从云南军队中辞了差，各自按级别领了笔路费，预备回家。

走到第八天的路，三个人的脚走成半跛了。天气很热。走了不远，一到树荫下就得坐在路旁石头上歇歇气，或者买甜酒米豆腐吃，喝一瓢卖点心人从远方用木桶担来的凉水，止了渴又即刻上路。不上路，担心“落伍”。在边省走路，是不适宜于休息的。走的全是山路！再过五天应当到贵阳了。各人都巴望早到贵阳。到了这地方，算是近家了。实则家去贵阳还有十三站官路。总之若到了贵阳，便算得是家边了。十三站！他们已经走过八天，都是按站起程的。到贵阳还要十多天，也正是十三站。

他们从云南省动身到 ×× 走了六天，其中一个给烧热病攻倒，爬不起身了，于是乎三人一同在一家小旅馆中呆下来。请医生，买药，煎药，找生姜灯草作药引子。发烧的人成天胡言谵语，把药吃下去以后就呼呼的睡去，全身出汗。住了十天，感谢天，这小地方医生居然会把病人治好了。他们第二次又上了路。所谓走了八天，就是从 ×× 算起，每天一亮走起，到日头寂寞的落下山后为止，除了饮食，除了树荫下小坐，全是不能停顿的。每天走一大站，路为六十里，里是等于平常里数的两倍，名为“官路”，其实是“蛮路”的。每到天将断黑，一落店，洗脚，吃饭，倒在铺有厚草荐与硬棉絮床上去，睡眠便把人征服了。第二天，鸡叫第二声，便爬起身来，在灯下算账，套上草鞋，太阳还未露头又上了路。

他们在行路时，是沉默的。从洞边过，从溪边过，从茅屋边过，路上所见全是一种寂寞荒凉情形。茨堆上忽然一朵红花。草地里忽然满是山莓。一条从路中溜过的大蛇。一只伏在路旁见人来才惊讶飞去的山鸡。一间被兵匪焚去的旧屋。一堆残败的泥墙。一个死尸。一群乌鸦。所见所闻使人耳目一新的很多，使人心上不安的也不少。在一条长长的寂寞的路上行走的人，原是不能有所恐怖的。执刀械拦路的贼，有毒的蛇，乘人不备从路旁扑出袭人的恶犬，盘据在山洞中的土豹，全不缺少。这些东西似乎无时不与过路人为难，然而他们全曾遇到，也全平安过去。

天保佑他们，让他们在一切灾难中得到安全。

他们沿着大道走去。在这里，所谓大道，就是每天经常有远行人，小商贩，牛客，纸客，送灵榇的小小队伍，联络不绝的各在路上来去的道路。在路上，能遇到灾难以外还可以遇到陌生的小小人群。全是在深山中，人家很少，坡是荒废的。间或有密密的树林，无人管理的菜园，破败坍毁的水磨。路上所见的本地人，几乎全是褴褛不成人形，脸上又不缺少一种阴暗如鬼的颜色。小站小村虽然沿路都有，但到行旅十人以上时，若想在小站上住下，米同盐与住处全将发生问题。

这时节他们正过一条小溪，两岸山头极高。溪上一条旧木桥，是用三根树干搭成的，行人走过时便轧轧作声。傍溪山腰老树上有猴子叫喊。水流汩汩。远处的山鹊飞起时，虽相距极远，朋朋振翅声音依然仿佛极近。溪边有座灵官庙，石屋上尚悬有几条红布，庙前石条上过路人可以休息。

“我要歇歇，慢走一点。”一个走在第一、年龄独小的青年说。他先过了桥，便把背上包袱卸下，坐在石条上不走了。

第二个正在过桥，“不要懒，这里不行！”然而过得桥来，依然也停着了。

第三个象大哥，没有过桥，就留在溪南边。昂头四望，望到山崖藤葛间一群猴子了。猴子正如有所警戒呼唤着，又象在哭啼。“看，巴屁股老三！”其余两人也就昂头看那猴子。猴子是那么一小群，于是他们数点那数目。七个，八个，十一个，搜索着，数点着。

“什长，过来坐坐，歇一会儿，这里很凉快！”

“不能久坐！”

“天气早，不怕的。”

什长过了桥。背上是一个巴斗大包袱。过了桥便把包袱掷到灵官菩萨座前，且注意那神前褪了红色的小木匾。他认识字，于是念道：

“保佑行旅。宣统三年庚申吉日立。三湘长沙府郑多福率子小福盥手敬献——呀，是个乡亲！”

听到什长的说话，坐在石条上的青年也站起了。他也念，且想爬上神龛验看那菩萨的额角间的一只竖眼，是否能够移动。

“老弟，莫上去，坐一坐，我们走路。”

“三湘长沙府——这是‘沙头’[1]。有十五年了。他说盥手，（他认盥做盆字）什长，我们也洗一个手罢，溪里水好得很，不用盆，可以洗脸。”

第二个过桥的人，正坐在石条上整理草鞋，自言自语说，“这地方风景真好。”这时，听到年幼的同伴读“盆手”，就笑了，开口说，“庆庆，是洋磁盆还是木盆？”

“不是盆字是什么？”

他站起来了，望望匾上的字，哈哈大笑。

什长说，“读‘款’。这字同浣差不多。庆弟，你的书读到九霄云去了。”

“《千字文》上没有这个字。”

“有。你记不来罢了。”

---

[1] “沙头”：指长沙人。

“你念我听。”

“我也记不来了。”

三人就哈哈笑着。字的出处三个退伍兵士都找不出，却找到这字的意义，“盥是洗浣”，他们将下溪洗手洗脸。庆弟先下去，绕了路，从一个坎旁到了溪中，一面用手试水，一面喊。

“什长，什长，水冷得很，可以做凉粉！”

“快洗罢，要走路！”。

“我想洗洗脚。”

“莫洗脚，山水洗不得脚，会生病的！”

“还有小鱼！多得很；一只，二只，七只……”

“快一点！我们要走路，太晚了不行！”

“有鱼咧。有小螃蟹。真多。莫非是灵官的水兵？看它们成队玩！”

“上来罢，水舀一碗上来。把帕子打湿。我们不下溪了。”

“下来看看吧，好玩的。”

“庆庆你不上来，我们就先走了。”

“那我就不上来了，坐到水里等你们回来。这里好玩。多凉。有花石子！”

“你不上来当真我们走了的，你太不行了，这不是玩的地方。”什长的话有点威风，就因为他是一个什长，年长经验多。

年青人，天真烂漫的，一手拿着那个洋磁碗，一手折得一枝开成一串的紫色山花，上到路边了。把水给年长的什长喝，又把湿面巾送给另一同伴。他自己就把花插在包袱上面，样子很快乐，似乎舍不得那水中的小鱼小蟹，还走到桥边向下望。

“什长，下面水是镜子。有人刻得有字在石头上。瞧，是篆字！”

话说得很多，什长不理会，另一伙计心被说动了，也赶过桥边来俯瞰。

天正当午。然而在两山夹壁中，且有大的树，清风从谷中来，全不象是六月天气。若不必赶路，在石条上睡睡，真是做神仙人所享的清福了。风太凉爽，地方适宜午睡，年青的庆庆想到了的。他听远处有砍木头声音。有点疲倦，身上发松，他说：“这里好睡觉。天还早，不忙赶路，好好的睡一觉吧。”什长只擦脸，不做声。那一同伴又说："什长，这里象我们乡下。"

"这里还离湖南境十七天。"

"我们到底还要走多远？"

"二十四天，二十二天……我们已经走过小半了。"

"今天到落店时应当喝一杯。几天不喝酒，走路也无脚劲。今天一定要来个半斤包谷烧。"

"到贵州省我们可以上馆子，我的钱还够请你们吃那里的辣子烧鸡！"

"到贵阳要几天？"

"八天九天就够了。今天歇老坡寨，明天枫林场，后天还得加把劲，才能到贵阳，路远咧！"

在他们来的路上，四个卖棉纸的商人，肩上是长大扁担，两头是成捆的薄纸，来到对溪。他们因为见到庙前有人休息，所以过了桥，把肩上的东西用竖架撑起，搁在路坎边，各人也休息下来。各人用围在腰边的布巾抹捡上身上的汗，各用头上的细篾遮阳扇凉。他们不互相交言，沉默的望了望几个原来休息的也是走远路的人，便放下担子，各走到溪中洗脸喝水去了。

庆弟同什长说话，"什长，这些人也是到贵阳吗？"

“全是同路。路上有人作伴热火些。”

“他们为什么那么远去卖纸，这纸值什么钱。”

“他们不一定靠卖纸。他们褡裢里有银子。顺便挑一担纸压压肩，预备下去办货，回头就赚钱了。”

“路上不怕抢？”

“他们褡裢里有银子，身边有刀子，性命是同银子在一块儿的！怕什么！”

“今天来往的人多，你瞧，又来两个了。”

那两个人也过桥了。同他们一样，一种老营伍中人的精神，遮阳草鞋皆极其精致整洁，背上的白色包袱虽小却很沉重，腰下挂刀，象赶差事。匆匆的过了桥，来到庙前。其中一个白脸的，见歇憩人多，就口上打唿哨，主张歇歇。另一个黑脸的，虽然停着，却露出迟疑不定的神气。

“让我抽一口烟，讨个火，大哥。”

那黑脸大哥不作声，走过灵官神座前，看那木匾。即刻且坐到那高神座上休息了。白脸人就很和气的走过来，问什长讨自来火。

“哥，能不能借一个火？”

“对不起，我们全不吃烟。”

“对不起……是到贵阳么？”

“还远的，贵阳是一半路。从昆明来。”

“啊呀呀！小朋友也走这样的长路？”

“十六岁了。不小了。应当讨媳妇生娃娃了。”

那下溪洗脚的生意人，有一个从溪边爬上路坎了，口中正含着一枝旱烟管，人口中冒烟，烟斗也冒烟。白色的烟被风所刮，奔飞的散去，白脸汉子又到那人身边去，“朋友，把你火镰借用一下。”那生意人取下火镰同竹管中纸煤，白脸汉子便回身背风取火，把卷烟吸燃，且递给黑脸汉子。

黑脸汉子也望到山上的猴子了，作声吓猴子，长长的声音，在谷中回应多久，猴子援枝向背僻处逃走了。那大汉子似乎因为那空谷回声感生了趣味，又发着长啸，到吸烟时为止。

他们自己在说话：

黑脸说，“今天是什么时候了？”

白脸说，“刚才不久听到有鸡叫。日头当天，影子已圆，午时了。”

黑脸又说，“近来路上清吉，来往人多，比去年强得远。”

白脸又说，“我四年前八月间从此过身，跟随团长，有八个兵士。那时八个兵士有枪，还胆怯！”

“近来可不用怕了。”

“三月间剿过一次，杀了三四百人，听说洗了三个村子。”

“什么人带的兵？”

“听说是王营长，游击司令官的二舅爷，一共带四连人，打了个五六天，毁了三个堡子，他妈连鸡犬也不留他一个。好狠心！”

“地方太苦了。剿一次，地方更荒凉了。”

几个做生意人全从溪下爬上来，各人扭着那湿布巾且向空气中抖着，慢慢的系在腰边，又慢慢的从腰边取下火镰、旱烟具，预备吸烟。

庆庆坐在石条上打呵欠，只想睡觉。

什长看看这不成，地方不保险，把包袱背好，“走，不许停！”

“我想睡睡。”庆庆真想用包袱作枕头倒下去，躺个四平八稳。

“不行。庆弟，你不走我们就走了。”

“我们同纸客一路走，好歹是一路落站。”

什长不再说话，先走了。继着把包袱背好，也动身了的是另一同伴。余下年青人同那包袱，他无办法，一面叫“等到等到，慢点嘛，忙哪样？”一面也站起身来，匆匆把包袱背好，赶上前去了。

他们上了道。几个纸客就坐在那石条上吸烟。军官模样之一的白脸汉子，也下到溪边洗面巾了。追上前去的年青人，略显得踉跄，一面同前面的旅伴说话一面赶路。

“什长，等等，你忙什么？又不是充军赶考。天气早哩。”

“早到一点可以得到好住处。”

“你说我们应当换草鞋不应当？我们草鞋全坏了。那苗婆娘骗人，我们上了当。草鞋咬我的脚跟，不换换我走不动了。我们应当多出点钱，买好货物。什长，你为什么这样忙？你跌倒了，掉到溪中可不是玩的。水极冷，很深，你不能泅。有蛇，你瞧，一条好大的花蛇在水面溜哩。多快呀。什长大哥，当真的事，蛇在水上！”

说着。走着。什长把脚步放慢，让年青人追及后，他退开一点，让年青人先走，自己跟在后面上路。什长略略生气的说道：

“庆弟，应当勇敢点。不要说空话，前路还远，赶路要紧，今天应当早早赶到站口。你不要丢高坳地方人的大丑。吃得，饿得，走得，干得，挨冷挨热得，这是高坳人口号。”

年青人回了头，“什长，那两个黑白脸男子，是跑江湖的，是不是？”

“你走路罢。”

“我听他们说话，这路上倒象极其熟习。”路是走的，话也仍然要说。“他们说什么地方剿过，杀了四百人，恐怕就是先前走过的那村子。那样大村落，不见一个人，不见狗，不见鸡，真是怪事。为什么杀那样多人？是四百，要许多时间才杀得完。还有小孩子，新娘子，老太婆。老太婆也杀。见人就杀。他们说……”说着，忘了看面前的路，脚趾踢在石尖上，一个踉跄差点作了个狗抢屎。

就蹲到地上揉脚。脚已出了血，扯路旁的青草嚼烂了敷上，便笑了，又敷上路旁的干土。什长迈步向前了。

“什长，慢一点。还是我打先走罢。遵照大路打先锋，不会错。”

什长有点不忍，就停着。“不许说空话。好好上路！”

“嗻。”

“不许——”

“嗻。”

三人笑着继续加速前进了。另一伙伴为年青人背了包袱。受伤的走空路。走空路，肩上轻松，在太阳下微跛的脚步，仍然走得捷速而有力。

出了山壁。回头一望已不见来处。

“什长，人多走路热闹一点，可以不疲倦。”

“你走路吧。”

“我说走路的事！一个人我是不敢走这长路的。我猜你也未必一定敢走。不怕匪，不怕老虎，来一个鬼，穿白衣白裤，有一丈高，天又快夜，这怎么办？我们过路那些破庙地方都有棺材，这些东西一到夜，不会起来找人吃吗？便说有刀，哗的把刀抽出，訇的跳过来，就吵的砍去，但是鬼对你咪咪笑，你就砍吧，他一个不理你，这怎么办？你喊，谁答应你？你哭，鬼也不怕。你除非会念咒，或是剑仙。什长，你说到底有剑仙没有？花蝴蝶采花，能够一纵身跳上屋顶，不闻声音。我听说北京城房子瓦上跑马也行，那是什么房子。北京有宫殿，有上千太监，是割了……”

一面说，一面又走错了路。应当沿山下去，却走到山上小路去了。在后面的什长先不做声，尽年青人走，却在指路碑上等着。

“什长，我家里有一把关刀。一百六十斤重，是铁打的。周仓扛过，那黑大哥真有劲。（他因为不曾听到后面的脚步声音，回了头。）什长，怎么？走不动了！赶路！”

“赶路罢，你自己赶上去。我们要下山了。”两个人笑着先走了。

“嗨，走错了吗？（他一口气冲到岔路上，见到了路碑。）什长，大哥，等等。我错了。妖精迷了我的路，好家伙。三步，两步，一,二,三,四，（追及了。）我在中间走。不说话。可以赌咒。”

暂时，这小子当真就是不说了。

过了一会。经过了一处烧坏了的大房子，在一堵还未完全倒坍的高墙下边，有一个干瘪瘪的老年妇人搭了个小小草棚，在草棚前卖绿荫荫的酸李子。

“买。”年青人停了，想从板带里掏钱。

“不能，吃生李子肚子会痛。你吃水太多了。”

“……”

“走！”

走了。回头还望望那老妇人。舍不得那李子。又说话了。

“这叫什么村？”

什长不答理，人在前面，吹着哨子，模仿喇叭的行军曲。

庆庆不作声了，默默的如在操场时被领头带着散步走行进的情形，且默默的数“一、二”“一、二”。

行过十里不曾遇到一个人。

行过廿里无一个村落。行过廿五里太阳快要向一个荒凉小山后下沉时候，三人进了一个小小的青石堆砌的寨堡。看见一匹瘦马，马上还有鞍辔。到站了。应当休息了。庆庆欢喜了。

“什长，我们到了，找好地方喔。有臭虫是不行的。太脏是不行的。你瞧这里不错。还是个县分咧。有知事告示。不知道衙门在哪里？什长，这里来罢，倒好，挂得有牌。进去罢。（他自己也进到那屋子里了。）老板，有住处没有？三个人。一个大木床行了。要干净一点。”

出来的是一个中年人。蓝竹布长衫，旧得很，仿佛象卖卦人身分，和气的声音说：“是乡亲！就住到这里！请坐！”

坐下了。什长一条，庆庆同那伴当一条，是大白木板凳，很新很粗的还有松香气味。主人进去取烟取茶。烟来时，客不吸烟，就自己用着。

“尊姓是？”什长问主人。

“张。字问渔。湖南省桃源县人。”

喔，真是乡亲！真难得，我们通是湖南人。好极了。今天真好。”

“真不容易。三生有幸。几位是从云南来的？”

“是的。走十多天了。”

“请教是……”

“贱姓侯……”

“好极了，今天。”主人搓着两只瘦手，口上咬着的烟管冒着烟子，又出去找人去了。

不到一刻三人在一个白木盆里洗脚了。一个脚盆里，五只泥腿在滚热水中烫着。庆庆另一只脚不敢落水，主人见到了，忙问。知道受了伤，就即刻取伤药来。异乡的骨肉，原应关心到如自己的亲人。

从谈话中才知道主人是县公署科长，县长也就是住在这小店中。每天到三里外一个旧庙中审点案，判断一些小生意人的争持，晚上就回到小店中住处来吃饭睡觉。上床以前读读《庄子》，无事时则过各处小乡绅家中去喝点酒，作县长的五日一场才有点新鲜猪肉吃。县长无处可去无事可作时，就和科长县警下盘棋，或种种瓜菜。本县城内共计一百卅二户，大小人口三百四十四人，还将县长本人和科长等等算在这一个数目里面。县境内还有五百人。住得松松散散，分成五个村子。

“有军队没有？”问有不有军队，因为自己是兵的缘故。

“有警备队。一共二十个名额。有十枝枪。”主人说时也笑了。“摆个样子罢了。”

“地方清静不清静？”

“这里倒好。太荒凉，容不下大股匪。土匪是不能挨饿的，养得起兵的地方也停得住匪。不过有时也有人在路上被抢。最近不久还听说——”

县长回来了，一个穷秀才样子，穿了件旧的浅蓝竹布长衫，双梁布鞋，还罩上件半新的黑色羽纱之类小袖马褂，鼻小眼明，嘴上挂一点鲇鱼胡子，样子斯文和蔼，与来客拱手作礼，古意盎然。但是说话间总不免令人感到一点凄惶。

科长作东，县长作陪，三个在异乡异县跋涉远道的人，吃了一顿意想不到的晚饭。夜间，上了床，另一室中县长《秋水篇》的朗吟，把庆庆等三人送到梦境里去了。

庆庆梦中下了溪里洗澡，泅水的有县长同几个纸客在内。此外还有猴子，小鱼，也能泅水打汆子。闹得十分发欢。

第二天一亮，几个人起身整备行李时，他们从主人处知道一件严重的事情。昨天较晚南来的行路人，投县报告了一个消息：有几个纸客被抢了。还死了两个人。死了的人是两个军官，因为有钱，有刀，不服抄掠，便被杀死了。地点是瓮谷的灵官庙前桥头上，出山猴子地方。县长准备去验尸，各处找轿夫找警备队，好久还不能集中队伍。

三个人皆呆了。幸运没有碰上这灾难。

当天依然上了路，他们的家乡离这地方还有二十天！沿路还有的是关隘险阻，得一一过关。

一九三〇年秋作

黔小景

三月间的贵州深山里，小小雨总是特别多，快出嫁时乡下姑娘们的眼泪一样，用不着什么特殊机会，也常常可以见到。春雨落过后，大小路上烂泥如膏，远山近树全躲藏在烟里雾里，各处有崩坏的土坎，各处有挨饿太久全身黑区区的老鸦，天气早晚估计到时常常容易发生错误，许多小屋子里，都有面色憔悴的妇人，望到屋檐外的景致发愁。

官路上，这时节正有多少人在泥里雨里奔走。这些人中有作兵士打扮送递文件的公门中人，有向远亲奔差事的人，有骑了马回籍的小官，有行法事的男女巫师，别忘记，这种人有时是穿了鲜明红色缎袍，一边走路一边吹他手中所持镶银的牛角，招领到一群我们看不见的天兵天将鬼神走路的。单独的或结伴的走着。最多的是小商人，这些活动分子，似乎为了一种行路的义务，长年从不休息，在这官路上来往。他们从前一辈父兄传下的习惯，用一百八十的资本，同一具强健结实的身体，如云南小马一样，性格是忍劳耐苦的，耳目是聪明适用的；凭了并不有十分把握的命运，只按照那个时节的需要，三五成群的扛负了棉纱，水银，白蜡，倍子，官布，棉纸，以及其他两地所必需交换的出产，长年用这条长长有名无实的官路，折磨他们那两只脚，消磨到他们的每一个日子中每人的生命。

因为新年的过去，新货物在节候替移中，有了巨量的吞吐出纳，各处春货都快要上市了，加之雪后的春晴，行路方便，这些人，各在家中先吃得饱饱的，睡得足足的，选了好的日子上路。官路上商人增加了许多，每一个小站上，也就热闹了许多。

但吹花送寒的风，却很容易把春雨带来。春雨一落后，路上难走了。在这官路上作长途跋涉的人，因此就有了一种灾难。落了雨，日子短了许多，许多心急的人，也不得不把每日应走的里数缩短，把到达目的地的日子延长了。

于是许多小站上的小客舍里，天黑以前都有了商人落脚。这些人一到了站上，便象军队从远处归了营，纪律总不大整齐，因此客舍主人便忙碌起来了。他得为他们预备水，预备火，照料一切，若客人多了一点，估计坛子里余米不大敷用时，还得忙匆匆的到别一家去借些米来。客人好吃喝时，还得为他们备酒杀鸡。主人为客烧汤洗脚，淘米煮饭，忙了一阵，到后在灶边矮脚台凳上，辣子豆腐牛肉干鱼排了一桌子，各人喝着滚热的烧酒，嚼着粗粝的米饭。把饭吃过后，就有了许多为雨水泡得白白的脚，在火堆边烘着，那些善于说话的人，口中不停说着各样在行的言语，谈到各样撒野粗糙故事。火光把这些饶舌的或沉默的人影，各拉得长短不一，映照到墙上去。过一会，说话的沉默了。有人想到明早上路的事，打了哈欠，有人打了盹，低下头时几几乎把身子栽到火中去。火光也渐渐熄灭了，什么人用铁火箸搅和着，便骤然向上卷起通红的火焰。外面雨声或者更大了一点，或者已结束了，于是这些人，觉得应当到了睡觉时候了。

到睡时，主人必在屋角的柱上，高高的悬着一盏桐油灯，站到一个凳子上去把灯芯爬亮了一点，这些人，到门外去方便了一下。因为看到外面极黑，便说着什么地方什么时节豹狼吃人的旧话，虽并不畏狼，总问及主人，这地方是不是也有狼把双脚搭在人背后咬人颈项的事情。一面说着，各在一个大床铺的草荐上，拣了自己所需要的一部分，拥了发硬微臭的棉絮，就这样倒下去睡了。

半夜后，或者忽然有人为什么声音吼醒了。这声音一定还继续短而洪大的吼着，山谷相应，谁个听来也明白这是老虎的声音。这老虎为什么发吼，占据到什么地方，生谁的气？这些人是不会去猜想的。商人中或者有贩卖虎皮狼皮的人，听到这个声音时，他就估计到这东西的价值，每一张虎皮到了省会客商处，能值多少钱。或者所听到的只是远远的火炮同打锣声音，人可想得出，这时节一定有什么人攻打什么村子，各处是明亮的火把，各处是锋利的刀，无数用锅烟涂黑的脸，在各处大声喊着。一定有砍杀的事，一定有妇人惊惊惶惶哭哭啼啼抱了孩子，忙匆匆的向屋后竹园茨棚跑去的事，一定还有其他各样事情。因为人类的仇怨，使人类作愚蠢事情的机会，实在太多了。但这类事同商人又有什么关系？这事是决不会到他们头上来的。一切抢掠焚杀的动机，在夜间发生的，多由于冤仇而来。听一会，锣声止了，他们也仍然又睡着了。

有一天，有那么两个人，落脚到一个孤单的客栈里。一个扛了一担作账簿用的棉纸，一个扛了一担染色用的五棓子。他们因为在路上耽误了些时间，掉在大帮商人后面了几里路，不能追赶上去。落雨的天气照例断黑又极早，年纪大一点的那个人，先一日腹中作泻，这时也不愿意再走路了，所以不到黄昏，两人就停顿下来了。

他们照平常规矩，到了站，放下了担子，等候烧好了水，就脱下草鞋，一同在灶边一个木盆里洗脚。主人是一个孤老，头上发全是白的，走路腰弯弯的如一匹白鹤。今天是他的生日，这老年人白天一个人还念到这生日，想不到晚上就来那么两个客人了。两个客一面洗脚，一面就问有什么吃的。

这老人站到一旁好笑，说："除了干豇豆，什么也没有了。"

年青那个商人说："你们开铺子，用豇豆待客吗？"

"平常有谁肯到我们这里住？到我这儿坐坐的，全是接一个火吃一袋烟的过路人。我这干豇豆本来留着自己吃的，你们是我这店里今年第一客人。对不起你们，马马虎虎凑乎吃一顿吧。我们这里买肉，远得很，这里隔寨子，还有二十四里路，要半天工夫。今天本来预备托人买点肉，落了雨，前面村子里就无人上市。"

"除了豇豆就没有别的吗？"客人意思是有没有鸡蛋。

老人说："还有点红薯。"

红薯在贵州乡下人当饭，在别的什么地方，城里人有时却当菜，两个客人都听人说过，有地方，城里人吃红薯是京派，算阔气的，所以现在听到说红薯当菜就都记起"京派"的称呼，以为非常好笑，两人就很放肆的笑了一阵。

因为客人说饿了，这主人就爬到凳子上去，取那些挂在梁上的红薯，又从一个坛子里抓取干豇豆，坐到大门边，用力在一个小砧上，轧着那些豇豆条。

这时门外边雨似乎已止住了，天上有些地方云开了眼，云开处皆成为桃红颜色，远处山上的烟雾好象极力在凝聚，一切光景在到黄昏里明媚如画，看那样子明天会放晴了。

坐在门边的主人，看到天气放了晴，好象十分快乐，拿了筛子放到灶边去，象小孩子的神气自言自语说着：“晴了，晴了，我昨天做梦，也梦到今天会晴。”有许多乡下人，在落春雨时都只梦到天晴，所以这时节，一定也有许多人，在向另一个人说他的梦。

他望着客人把脚洗完了，赶忙走到房里去，取出了两双鞋子来给客人。那个年青一点的客，一面穿鞋一面就说：“怎么你的鞋子这样同我的脚合式！”

年长商人说：“老弟，穿别人的新鞋非常合式，主有酒吃。”

年青人就说：“伯伯，那你到了省城一定得请我喝一杯。”

年长商人就笑了：“不，我不请你喝。这兆头是中在你讨媳妇的，我应当喝你的喜酒。”

“我媳妇还在吃奶咧。”同时他看到了他伯伯穿那双鞋子，也似乎十分相合，就说：“伯伯，你也有喜酒吃。”

两个人于是大声的笑着。

那老人在旁边听到这两个客人的调笑，也笑着。但这两双鞋子，却属于他在冬天刚死去的一个儿子所有的。那时正似乎因为两个商人谈到家庭儿女的事情，年青人看到老头子孤孤单单的在此住下，有点怀疑，生了好奇的心。

“老板，你一个人在这里住吗？”

“我一个人。”说了又自言自语似的，“嗳，就是我一个人。”

“你儿子呢？”

这老头子这时节，正因为想到死去的儿子，有些地方很同面前的年青人相象，所以本来要说“儿子死了，”但忽然又说：“儿子上云南做生意去了。”

那年长一点的商人，因为自己儿子在读书，就问老板，在前面过身的小村子里，一个学塾，是“洋学堂”还是“老先生”？

这事老板并不明白，所以不作答，就走过水缸边去取水瓢，因为他看到锅中的米汤涨腾溢出，应当取点米汁了。

两个商人趿了鞋子，到门边凳子上坐下，望到门外黄昏的景致。望到天，望到山，望到对过路旁一些小小菜圃（油菜花开得黄澄澄的，好象散碎金子）。望到踏得稀烂的那条山路（估计晴过三天还不会干）。一切调子在这两个人心中引起的情绪，都没有同另外任何时节不同，而觉得稍稍惊讶。到后倒是望到路边屋檐下堆积的红薯藤，整整齐齐的堆了许多，才诧异老板的精力，以为在这方面一个生意人比一个农人大大不如。他们于是说，一个跑山路飘乡商人不如一个农人好，一个商人可是比一个农人生活高。因为一个商人到老来，生活较好时，总是坐在家里喝酒，穿了庞大的山狸皮袄子，走路时摇摇摆摆，气派如一个乡绅。但乡下人就完全不同了。两叔侄因为望到这些干藤，至此地一钱不值，还估计这东西到城里能卖多少钱。可是这时节，黄昏景致更美丽了，晚晴正如人病后新愈，柔和而十分脆弱，仿佛在微笑，又仿佛有种忧愁，沉默无言。这时老板在屋里，本来想走出去，望到那两个客人用手指点对面菜畦，以为正指到那个土堆，就不出去了。那土堆下面，就埋得有他的儿子，是在这人死过一天后，老年人背了那个尸身，埋在自己挖掘的土坑里，再为他加上二十撮箕生土做成小坟，留下个标志的。

慢慢的夜就来了。

屋子里已黑暗得望不分明物件，在门外边的两个商人，回头望到灶边一团火光，老板却痴坐在灶边不动。年青人就喊他点灯，“老板，有灯吗？点个火吧。”这老人才站起来，从灶边取了一根一端已经烧着的油松树枝子，在空中划着，借着这个微薄闪动的火光去找取屋角的油瓶。因为这人近来一到夜时就睡觉，不用灯火也有好几个月了。找着了贮桐油的小瓶，把油倒在灯盏里去后，他就把这个燃好的灯，放到灶头上预备炒菜。

吃过晚饭后，这老人就在锅里洗碗，两个商人坐在灶口前，用干松枝塞到灶肚里去，望到那些松枝着火时，訇然一轰的情形，觉得十分快乐。

到后，洗完了碗，只一会儿，老头子就说，应当去看看睡处，若客人不睡，他想先睡。

把住处看好后，两个商人仍然坐在灶边小凳子上，称赞这个老年人的干净，以为想不到床铺比别处大店里还好。

老人说是要睡，已走到他自己那个用木头隔开的一间房里睡去了。不过一会儿，这人却又走出来，说是不想就睡，傍到两个商人一同在灶边坐下了。

几个人谈起话来，他们问他有六十几，他说应当再加十岁去猜。他们又问他住到这里有了多久，他说，并不多久，只二三十年。他们问他还有多少亲戚，在些什么地方，他就象为哄骗自己原因的样子，把一些多年来已经毫无消息了的亲戚，一一的数着，且告诉他们，这些人在什么地方，做些什么事。他们问他那个上云南做生意的儿子，什么时候回来看他一次，他打量了一下，就说："冬天过年来过一次，还送了他云南出的大头菜。"

说了许多他自己都不甚明白的话，自己为什么有那么多话可说，使他自己也觉得今天有点奇怪。平常他就从没有想到那些亲戚熟人，也从不想到同谁去谈这些事，但今天很显然的，是不必谈到的也谈到，而且近于自慰的谎话也说得很多了。到后，商人中那个年长的，提议要睡了，这侄儿却以为时间还太早了一点，托故他还不消化，要再缓一点。因此年长商人睡后，年青商人还坐到那条板凳上，又同老头子谈了许久闲话。

到末了，这年青商人也睡去了，老头子一面答应着明天早早的喊叫客人，一面还是坐在灶边，望着灶口的闪烁火光，不即起身。

第二天天明以后，他们起来时，屋子还黑黑的，到灶边去找火媒燃灯，希奇得很，怎么老板还坐在那凳上，什么话也不说。开了大门再看看，才知道原来这人半夜里死了。

这两个商人到后自然又上路了。他们已经跑到邻近小村子里，把这件事告给了村子里人，且在住宿应给的数目以外，另外加了一点钱。那么老了一个孤人，自然也很应当死掉了，如今恰恰在这一天死去，幸好有个人知道，不然死后到全身爬得是蛆时，还恐怕不会被人发现。乡下人那么打算着，这两个商人，自然就不会再有什么理由被人留难了。在路上，他们又还有路上的其他新事情，使他们很自然的也就忘掉那件事了。

他们在路上，在雨后崩坍的土坎旁，新的翻起的土堆上，发现印有巨大的山猫的脚迹，知道白天这地方是人走的路，晚上却是别的东西走的路，望了一会儿，估计了一下那脚迹的大小，过身了。

在什么树林子里，还会出人意外发现一个希奇的东西，悬在迎面的大树枝桠上，这用绳索兜好的人头，为长久雨水所淋，失去一个人头原来的式样，有时非常象一个女人的头。但任何人看看，因为同时想起这人就是先一时在此地抢劫商人的强盗，所以各存戒心，默默的又走开了。

路旁有时躺得有死人，商人模样或军人模样，为什么原因，在什么时候死到这里，无人过问，也无人敢去掩埋。依然是默默的看看，又默默的走开了。

在这条官路上，有时还可碰到二十三十的兵士，或者什么县里的警备队，穿了不很整齐的军服，各把长矛子同发锈的快枪扛到肩膊上，押解了一些满脸菜色受伤了的人走着。同时还有些一眼看来尚未成年的小孩子，用稻草扎成小兜，装着四个或两个血淋淋的人头，用桑木扁担挑着，若商人懂得规矩，不必去看那人头，也就可以知道那些头颅就是小孩的父兄，或者是这些俘虏的伙伴。有时这些奏凯而还的武士，还牵得有极膘壮的耕牛，挑得有别的家里杂用东西。这些兵士从什么地方来，到什么地方去，奉谁的命令，杀了那么多人，从什么聪明人领教学得把人家父兄的头割下后，却留下一个活的来服务？这都象早已成为一种习惯，真实情形谁也不明白，也不必须过问的。

商人在路上所见的虽多，他们却只应当记下一件事，是到地时怎么样多赚点钱。因为这个理由，所以他们同税局的稽查验票人，在某一种利益相通的事情上，好象就有一种希奇的“友谊”或谅解必须成立。如何达到目的，一个商人常常在路上也很费思索的。

一九三一年十月十日